早安，歐巴（繁體字版）

Love in Korea (A novel in traditional Chinese characters)

B杜

British Library Cataloguing-in-Publication Data. A CIP catalogue record for this book is available from the British Library.

ISBN 978-1-913080-45-7 (ebook)
ISBN 978-1-913080-44-0 (print)

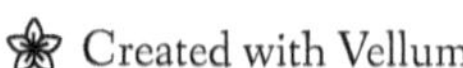
Created with Vellum

For my Family

第一章/我叫金圓圓

我叫金圓圓，金圓圓就是我，認識我的人通常喊我"包子"，這還算符合實情（後面會解釋），聽起來也不那麼逆耳，畢竟這世上還有"小"包子的存在，但其他綽號諸如肥圓、月半、豬頭、肉墩、卡門、五花肉……這也太不友善了。表面上我樂呵呵地一笑而過，背地裏則偷偷飲泣，我才十七歲，也會幻想和做夢，但現實總以痛吻我，在無數次的減肥失敗後，我進行報復式的自棄（吃得更多），反反覆覆的結果，我成了190斤的大胖子。

藝術家安迪·沃霍爾曾說過每個人都能成名15分鐘，顯然這句話不適用在我身上，因爲我成爲學校的風雲人物由來已久，早超過15分鐘。本來聚光燈有望在暑假過後轉移，因爲高一新生中有一位學妹比我還胖（這讓我稍感欣慰），無奈班上來了一位轉學生，還是中韓混血兒，臉蛋漂亮不說，身材還火辣，雖然被包裹在保守的校服裏，但那呼之欲出的一對半月球還是不免讓人想入非非。

有了西施，怎麼可以少了東施當陪襯？於是我又成名了，雖然這不是我想要的。

“圓圓，吃完早餐給賣菜大嬸兒送幾個包子去。”母親對我說。

“又送？怎麼自己不過來拿？”

“她忙嘛！妳反正要上學。”

我家開的圓圓包子舖就在農貿市場旁，不僅大媽大叔買完菜會捎上幾個，連進駐的商家也會光顧。客人紛至沓來本是好事，但我極不願意當外送員，因爲這位賣菜大嬸總喜歡揶揄我，還說我若找不到老公，配她兒子正好。

呸！她兒子長得尖嘴猴腮，個子也不高，成天還遊手好閒，我就算單身一輩子也不會嫁給這種人。

於是我磨磨蹭蹭，直到上課快遲到才心不甘情不願地拿上包子走出家門。

“圓圓呀！妳好像又胖了，胖了好，有福氣！”賣菜大嬸看到我很高興，把眼睛笑成彎月型。

“没胖，我還減了兩斤。”

語罷，一個比我矮半個頭的男子噗嗤一笑，我問他笑什麼？

“瘦死的駱駝比馬大，妳就是那隻駱駝。”

“干你何事？”我瞪他一眼，“胖還能減，矮就沒轍了。”

他憤而責問他媽：“這就是妳的兒媳婦人選？**Oh my God**！不說還以爲懷孕兩、三個月了。”

四體不勤加上一天吃足五餐，我的小腹自帶游泳圈是不爭的事實，但說我懷孕實在侮辱人，我還是待字閨中的黃花大閨女呢！

“道不同不相爲謀，讓一讓，我上學去了。”

說完，我從狹窄的走道硬擠出去，差點兒讓那個矮個子男人跌個狗吃屎。

有人曾經問我是怎麼把自己吃成一粒球？話說我也瘦過，和大部份的同齡女孩相差不大，如果不是因爲人生的第一片披薩太過美味（到現在它仍是我最鍾愛的食物之一），我不會放縱口慾，並且一發不可收拾。

既然話都說到這裏，我索性公開自己的飲食"日"記（畢竟話說到一半挺難受的）。

一天的揭幕往往從包子開始，我家開包子舖，佔盡天時地利人和之優勢，我能在十分鐘之內消滅一整籠二十來個包子。即使不吃包子，四周圍也有很多早餐店，舉凡麵包、粥、餅、油條、雞蛋、麻團……你想得到的我都吃過，搭配豆漿、米漿、牛奶、果汁等，讓我一天的開始元氣滿滿。

可惜我的活力在中午到來前便會消耗殆盡，所以我還得在課間休息時間補充能量，可能是幾包餅乾或薯片，至於最愛的午餐時間，只要鐘聲一響，我立馬奔向學校大門，因爲母親已經在那裏等候。

"圓圓，有沒有好好學習？快高考了，吧吧拉、吧吧拉……今天給妳準備**XX**，別吃太多。"母親三申五令完，交給我一個布袋，沉甸甸的。

這個**XX**是代入式，可能是紅燒牛肉，也可能是燉豬蹄，不管是什麼，絕對不會只有一種。

我高興地提著布袋回教室，然後把母親的愛心攤在桌上，接受同學們的讚美或……取笑。

母親要我別吃太多，但米飯就裝了兩盒，菜有五、六樣，加上飯後水果，我怎能不胖？

下午的活動比較難捱，因爲有體育課，老師還特別喜歡虐待人，動不動就跑操場，爲了彌補失去的體力和水分，我不得不到小賣部買幾瓶汽水和零食，畢竟離放學時間還有一段距離。

等五點半的鐘聲一響，我一馬當先衝出去，校門外的流動攤販已經開始營業，他們都是底層的勞動人民，如果不光顧，會有罪惡感，所以我責無旁貸地買個烤冷麵或炸糕吃，聊表心意。

到了晚餐時間，母親照舊要我別吃太多，但爺爺奶奶的盛情難卻，我把他們夾給我的飯菜通通吃光光，換來他們滿意的笑容。

好不容易熬到十點，我收拾好課本準備睡覺。專家說上床前喝杯牛奶有助睡眠，我是好孩子，除了牛奶，還會搭配幾片餅乾，讓一天圓滿結束。

看！我吃的真的不多（有些還是被迫吃下），會過重真是太奇怪了，看來我是屬於"喝水也會胖"的體質，怨不得人！

～

北方有佳人，絕世而獨立。

一顧傾人城，再顧傾人國。

寧不知傾城與傾國？

佳人難再得。

不知漢代李延年在創作這首《佳人曲》時心中是否有原型，我反正覺得挺像班上的轉學生，同樣美得傾城傾國，而且名字還對上了。

" 我叫金佳人，**Kim Ga In**，父親是韓國人，母親是中國人，就這樣。"

她的自我介紹非常簡短，也正因如此，予人想像的空間就非常巨大，各種奇葩都有，最新版本是她的父親在威海市中心開了一家整型醫院，年收入好幾千萬。

這種說法實在太太太……不靠譜了，年收入好幾千萬的家庭會把女兒送進菜場高中？

在美女面前，我自然相形見絀，而且爲了避免畫面不協調，我刻意與她保持距離，所以開學儘管已經一個多月，我還沒和她講過話，但這不表示我沒關注她，事實上，我可能是最關心她的人，她的一顰一笑深刻在我腦海裏，大到髮型，小到表情控制，我照單全收，而且不由自主地模仿她，彷彿這樣就能離幸福近一些（對我而言，變美等於達到人生巔峰，沒有什麼比這個更美好的了）。

我是在一個星期日的早上第一次和女神說上話，本來被母親喚醒多少帶著起床氣，一見到佳人，氣沒了，我反倒有躲起來的衝動。

"芸豆包子裏有什麼？"她問。

"有芸豆，還有……豬五花。"

"那麼一個芸豆、一個羊肉、一個海菜、一個醬肉。"

我笨手笨腳地把她要的包子夾進塑料袋裏。

"怎麼有五個？"

"現在買四送一。"

她給我六元，轉身走了。

其實哪有什麼"買四送一"活動？我不過是想讓她開心，連包子個頭我都挑大的。

自從那次"世紀會談"後，她常上我家買包子，如果我在，她總能多得一個；我若不在，肯定沒這個優惠。我猜想她也留意到了，因爲她開始對我發出善意的訊號（譬如微笑或道早安），但也僅此而已。

美女的高傲及惜字如金挑起我的好奇心，她爲什麼總是鬱鬱寡歡？是不是有什麼秘密？

日積月累的結果，我越發焦躁，因爲她是另一個我（我想活
成她的樣子），既然如此，我又豈能坐視自己深陷泥潭中？
於是在一個週末的早上，當她買完包子後，我像個偵探似
地尾隨其後。

第二章/神秘的班花

金佳人的反偵查能力很強，好幾次我差點兒跟丟，還好我手腳快，不一會兒工夫又跟上，繼續和她保持約五十米的間隔，這個距離不長不短，方便我研究她的背影。

今天是週末，不用穿校服，我們的班花一如既往地穿上她的白襯衫，底下則是藍色牛仔短褲加黑色板鞋。我發現白襯衫是她的最愛，其他可以是任何組合，正因如此，我有樣學樣地買了好幾件白襯衫，有緊身的，也有寬鬆的；有絲質面料的，也有百分百全棉的，但怎麼穿都沒人家好看，那種瀟灑自在的樣子，我怎麼也學不來。

回到現實，我正鬼鬼祟祟地跟踪人，但越走越納悶，她怎麼往東去？

我家住在威海高區，距市區三公里，風景秀麗，有個農貿市場，購物還算方便，就是海風比較大，學校也不咋地，但金佳人沒往別墅區走（有錢人時興在海邊買個別墅，但空置的時間居多），反而走向文化中路的小商品市場，光走路就走了近一個小時，現在我知道她的好身材是怎麼來的了。

左拐右繞後，我終於跟隨班花來到一個約十平米左右的舖子。她進去後，一個臉面浮腫、頭髮稀疏的女人走了出來，手裏拿著一袋包子，我家的，塑料袋上有紅色字體—圓圓包子舖。

"歡迎！"那女人看見我，立刻點頭示好，並且做了個"請進"的動作。

這下子我騎虎難下，只好硬著頭皮走進去。

"Hi."我尷尬地和裏面的女子打招呼。

"妳跟蹤我？"她面帶不豫。

"不是……是……"我很窘迫，"對不起，我回去了。"

她喚住我，然後拿出一件格子衫讓我試試，可惜再怎麼用力，釦子還是扣不上。

"韓版的偏小號，我以爲這個可以。"她惋惜地說。

"没關係，我都上大碼店買，那裏的號全。"

我的同學不甘心，蹲下去往紙箱裏掏啊掏，掏出一條銀色腰帶，上面的假鑽很閃亮。

"妳若喜歡，我可以幫忙打孔。"她說。

我把腰帶往腰上一繫，還好，尚有四指寬的額外長度。

"這個我喜歡。"我答。

於是金佳人坐下來，拿出打孔器和錘子，三兩下就打孔完畢。

我問她多少錢？她答母親多吃了我家的包子，免了，算是兩清。

"那位就是妳母親？"我轉頭看坐在門口的女人。

"嗯！很像女明星Park Min Young，對吧？可惜得了甲減，激素吃多就成滿月臉，頭髮也掉了好多。"

我不知道誰是Park Min Young，但肯定是個美女，明星還有不美的嗎？

"妳媽生病還工作？妳爸呢？"

她冷哼一聲："我爸不知道正在爲哪個愛美的女人動刀。"

原來金佳人的父親真的開了家整型醫院，還是院長，底下有好幾名醫生，月入幾億韓元不成問題，只是醫院的地址不在威海市中心，而在韓國首爾的狎鷗亭洞，那裏有"整形一條街"的稱號。

我正想打破砂鍋問到底，兩個小女生走了進來，後面跟著金媽媽，眼看十平米大小的空間就要飽和，我藉口上英文補習班，拿起腰帶走人。

台上老師口沫橫飛地講課，原來胖子的單數是**fatty,** 複數是**fatties**，再胖點兒可以說**butterball**（奶油球），更胖的話就說……

"**Yuanyuan.**" 某個男生喊我的名字，頓時哄堂大笑，屋頂都快掀了。

我感覺耳根發燙，恨不得挖個地洞鑽進去。

那個瘦高的男老師好不容易才把場面控制住，咳嗽兩聲後，他持平地表示金圓圓不胖，頂多算豐滿，英文便是**plump**或**chubby**……

"老師眼瞎了不成？"

不知從哪裏蹦出來這麼一句，話說得很輕，但全進耳朵裏去。完了，這次更加瘋狂，彷彿全民的狂歡會，眼看老師就要招架不住，我起身離開教室，不給老師添麻煩。

有句話"胖子都是潛力股"，回家後我攬鏡一照，深有同感。不論"眉似遠山不描而黛，唇若塗砂不點而朱"還是"肌如白雪，齒如含貝"，都與我相距不遠，差就差在體重上，如果我能瘦一點兒，誰說我不是顧盼生輝的美人？

"哼！都是一幫眼光短淺的臭男生，哪天老娘瘦下來，你們給俺提鞋都不配！"我阿Q式地想著。

〜

知道金佳人有個有錢老爸後，我心中的疑惑更加深了，她怎麼就讀公立高中（還是個三線城市的非重點學校）？還有，她母親生病還守著個小店舖，嘴裏吃的是一塊五一個的包子，這是什麼神仙操作？

若說她謊話連篇也不像，因爲這個轉學生自帶光環，身上的富家氣質躲也躲不掉，尤其看她講英語，天哪！跟美劇《老友記》裏的人一模一樣，讓我這個講純正中式英語的人甘拜下風。

趁著課間操剛結束，我蹭到她身邊，問："妳的英語在哪裏學的？"

"首爾的國際學校，爲了讀這個，我爸還塞了錢，因爲只有拿外國護照的學生才能在國際學校就讀。"

"這麼說妳拿的是韓國護照，但爲什麼妳的普通話也說得這麼好？"

"韓國父母時興讓孩子學漢語，我媽尤甚，因爲她的韓語說得不好，如果我不會說普通話，等於切斷母女間溝通的管道。"

我還想繼續挖，班上的體育委員潘安走上前來代傳聖旨：**"Ja-gi-ya**，班主任找妳思密達。**"**

人走遠了，潘公子還看直了眼，魂彷彿被勾走了似。

" 噁不噁心?喊人寶貝兒。" 我翻了個大白眼。

他答金佳人是他的理想型，不喊寶貝兒喊什麼？難道喊肥婆？

雖沒指名道姓，但我自動對號入座，這個"肥婆"二字肯定是送給我的。

" 臭小子，竟敢老虎頭上拔毛，找死嗎 ？" 說完，我推他一下。

我發誓只是"稍微"推了一下，沒想到他就倒地不起，這也太誇張了吧？

果然放學鐘聲還未響起，我又多了個綽號—滅絕師太+2。

滅絕師太是金庸武俠小說裏的人物，性格剛烈、出手極狠，至於"+2"……無非說我胖唄！ 三個師太排排站，體型還不夠壯碩嗎？

我氣呼呼地回家，忘了光顧校外的流動攤販，不過這個遺憾在晚餐時間成功彌補過來，我不僅多吃了一碗白米飯，還把剩餘的肉汁淋在上面，香滴啦！

第三章/奇蹟

我們的班花英語能力頂呱呱，但其他科目就不忍直視，不僅中文字寫得歪歪扭扭，歷史更是不行，能達到"問今是何世，乃不知有漢，無論魏晉"的地步，如今離高考只剩不到六百天，她要如何應戰？

不止我有疑問，很多人也有此疑問，只是不好意思開口，畢竟我們學校連三本都進不了的比比皆是，自己都爛到骨子裏，還有臉問？

不過這道謎題的答案最終還是由我們的語文老師給揭曉了，趁著發第一次期中考試成績，他除了誇獎金佳人的中文有進步外，還順便告訴我們外國學生參加中國高考有優惠（考的是不一樣的卷子），基於這個前提，我們學校有望在一年後迎來第一位考進北大或清華的學生。

此話一出，哀嚎聲四起，我也位列其中（寒窗苦讀十餘載，不若一本外國護照，還有比這個更慘的嗎？）。

想起前幾天家母說過的話，我更加心塞。

「圓圓呀！妳若没考上某某大學，不如早早外出打工，反正大專文憑也没什麼含金量。」母親説。

某某大學在全國排行榜上算墊底，可見我媽對我有多寬容。饒是如此，我也没把握真的能上雞肋大學，所以挺認真地思考高中畢業後去哪裏打工。

没想到我這廂還在考慮南下或北上賺錢，金佳人那廂卻在考慮該拒了北大還是清華，明明都是人，怎麼差這麼多？

「金圓圓，妳這次的語文成績怎麼差這麼多？晚上兼職去了嗎？」

我們的語文老師長得方頭大耳，笑起來像彌勒佛，看似無公害，其實最愛開黃腔，什麼擠公交能擠懷孕、最喜歡看女學生吃香蕉、汗毛長性慾強……等，把班上的男同學撩得群情激昂，女同學則個個低下頭去。誰能想到，今日他竟然將矛頭指向我，我也不知哪根筋不對，決定對他曉以大義。

「老師，」我站起來，「你不覺得在課堂上講這話很不合適嗎？」

「有什麼不合適？兼職有很多種，思想骯髒者才會想歪。」

思想骯髒？這說的是誰？我立刻反擊：「前幾天你講的洞房花燭夜算不算思想骯髒？」

「洞房花燭夜是人生必經階段，有什麼骯髒？妳這個女孩到底是怎麼回事？少了陰陽調和嗎？」

底下男同學嘿嘿嘿地笑。

我還没來得及發火，班花站起來要老師向全班女同學道歉。

「道歉？道什麼歉？妳別被班上的航空母艦給帶偏，老師對妳的期望很大，別讓我失……」

他的話還没講完，我們同時聽到錄音：「……呵呵！男女爲什麼要結婚？男的想通了，女的想開了……」

老師的笑容頓時僵住。

"咳、咳、上課還使用手機，明顯違反校規，下課後金佳人到辦公室找我。妳們二位可以坐下，我們今天上楚辭，楚辭是……"

老師沒有道歉，但我和金佳人都坐下了。當下課鐘聲響起，我立馬跑向爲我仗義執言的正義之士。

"我陪妳去辦公室。"我說。

"不用。"她冷漠地答，然後義無反顧地走出教室。

我的心因此七上八下，還好在下堂課開始前，我們的班花早先一步進教室，同時把一張A4紙放在第一排第一張桌子上。

當紙條傳到我這裏時，我噗嗤一笑。

"金圓圓，笑什麼？"數學老師向我投來詢問的眼光。

我答沒什麼，正打算把紙條神不知鬼不覺地扔進抽屜內，沒想到老師的動作比我還快。

"我鄭重向二年三班的女同學致歉，並且承諾以後會更加謹言慎行。丁老師，**X**年**X**月**X**日。"數學老師唸完，問我這個丁老師是誰？

讓我先解釋一下，我們的語文老師和數學老師是全校唯一一對夫妻檔，老公長得像彌勒佛，老婆卻完全"逆"著來，不僅長相沒那麼和靄可親，還一身邪氣，像極了電影《倩女幽魂》裏的樹精姥姥。

"咳、咳、"我清了清喉嚨，"學校姓丁的老師只有一位，所以……妳猜！"

話一說完，班上男同學拍桌子鼓噪，間接表揚我的機智。

數學老師瞪我一眼後，把紙條塞進自己的褲袋內，一直到下課，她都沒笑過。

接下來的每一堂語文課，我們的丁老師彷彿換了個人似的，正經八百地宛如央視新聞主播。

～

"黃腔事件"後，我對金佳人的好感又加深了。別看我長得白白胖胖，像個軟柿子，其實內心深處是個正義使者，所以一旦遇到同樣真性情的人，恨不得把心都掏出來送給人家。

"我們都姓金，五百年前可能是一家，我感覺我們本該就是親姐妹，只是陰錯陽差投胎到兩個不同的家庭裏。"我面對大海發表感言。

"妳真這麼想？"金佳人彎腰拾起一個貝殼，"如果當真，我們結拜如何？"

學校已經有幾對結拜姐妹，無非趣味相投，感情好到不分彼此，索性義結金蘭。沒想到現在也有人想和我結拜，還是班花。

"好呀好呀！怎麼結拜？"我興奮地問。

"我用貝殼在妳我的手指上各劃開一個小口，當妳的血和我的血混合後，我們互相叩首再跪拜天地，儀式就算完成。"

聽起來很詭異，但我沒多想，畢竟能和心目中的女神結拜是求之不得的事，哪有拒絕的道理？

於是當下我們便互許"吉凶相救、福禍相依、患難相扶"的誓言。

說來真不可思議，當我的血和她的血混合後，海的那一端突然吹來一陣凜冽的風，伴隨低吼的雷聲，我全身起了痙攣……

半年後我才明白，原來這世上真的有奇蹟。

第四章/意外的邀約

全校學生像看"美女與野獸"一樣地看著我和金佳人，尤其當我們走在校園內，我總能發現三三兩兩竊竊私語的三姑六婆和長舌公。

" 妳介不介意？" 我忍不住問我的好姐姐（金佳人比我大兩個月）。

" 介意什麼？"

" 介意我比妳胖也沒妳漂亮、介意我將來也許只有高中文憑……"

她承認我是比她胖也沒她好看，同時還是個大學渣，**so what?** 她又不嫁我，有什麼好介意？

此時班上的體育委員潘安走上前來，嘴裏哼著歌：

十八的姑娘一朵花一朵花，

眉毛彎彎眼睛大眼睛大，

紅紅的嘴唇雪白牙雪白牙，

粉色的小臉粉色小臉賽晚霞，

啊！姑娘十八一朵花一朵花……

在他靠近金佳人之前，我果斷橫在當中，以防不測。

醜女，我是個醜女，

上帝造我欠考慮。

醜女，我只是個醜女，

三餐無肉也增膘，萬種風情水桶腰……

潘安把《十八的姑娘一朵花》轉唱成《我是個醜女》，讓我怒不可遏。

"你說誰是醜女？"我雙手叉腰質問。

"嘖嘖嘖！"他上下打量我，"撞衫不可怕，誰醜誰尷尬。"

他的回答貌似無厘頭，其實大有來歷，讓我替你捋一捋。

我們這所菜場高中的大學升學率一直是歷屆校長的一塊心病（據說每屆校長接任時都信誓旦旦地表示要大刀闊斧一番，最後都夾著尾巴走了），唯一讓他校羨慕的就只剩下可愛的女學生校服。沒錯，我們學校以"水手服加百褶裙"作爲校服（冬天則加上呢大衣及褲襪），女學生穿上後搖身一變成了日本漫畫裏的人物，可愛到爆！可惜不是所有穿上"卡哇伊"衣服的人最後都會變"卡哇伊"，好比我，怎麼看都像多拉A夢裏的胖虎媽媽，就差手裏拿根白蘿蔔。

回到潘安說的"撞衫"，這個肯定指校服（校服還能不撞衫嗎？），至於"誰醜誰尷尬"……這不是擺明了罵我？

"潘安，我警告你，你再誹謗我，小心我……"

"省省吧大姐，我這是陳述事實，哪是誹謗？"他轉向金佳人，"對不對？Ja-gi-ya."

老天！他又喊人"寶貝兒"，要不要臉？

只是這次"寶貝兒"的反應和往常不一樣，她對潘公子左右開弓，巴掌印立馬可見。

"金圓圓和我是結拜姐妹，對她不敬就是對我不恭，臭小子，聽到没？"說完，她霸氣地離開。

我看了一眼"受害者"，他彷彿得到"創傷後應激障礙"，一副"我是誰？我在哪裏？"的傻樣兒。至於我……當下對金佳人更加崇拜，除了她把我當"自己人"，讓我心生感動外，我也進一步從真愛粉（尚有一點兒理智）進化到死忠粉（已經腦殘），不諱言地說，此刻連她放的屁都奇香無比。

～

拜潘安的大嘴巴之賜，全校都知道我和班花結拜了，愛烏及屋的結果，那些原本對我充滿惡意的臭男生轉而對我阿諛奉承，無非要我代送表達愛意的禮物或早餐，當然，爲了表示感激，我也會得到額外的驚喜，譬如小賣部的辣條或掌心脆。

有了金佳人這棵大樹，我樂得躲在她的餘蔭下搖著蒲扇納涼。

這一天，本校的校草學長竟然也依樣畫葫蘆地交給我一個暗紅色燙金字的包裝袋。

"你怎麼知道我就愛吃歌帝梵的巧克力？"我故意問。

"我的錢不夠，爲了買**Godiva**已經傾家蕩產。"他另給我一個裝滿五顏六色巧克力的塑料袋，一看就知道是大賣場論斤賣的代可可脂製品，"這個請笑納。"

收下"冰火兩重天"的兩袋巧克力，我承諾會幫他轉交，順便替他美言幾句。

校草聽完很高興，誠心誠意地表示我是他見過最心善的"微胖"女孩。

他用"微胖"形容我，可見對金佳人上了心，因爲明眼人都看得出來我比"微胖"還要胖上不止一星半點。

我心情複雜地走回教室，然後把那袋學長愛心擺在我的好姐姐桌上。

"又是誰送的？"她問。

我答學長顧源慶。

金佳人嘆了口氣，把袋子遞還給我。

"不會吧？這個妳也不要？他可是校草，好多女生暗戀他喔！"

"和好的比，其他都是狗屎。"

和好的比？莫非她已經有喜歡的人？

在我的軟磨硬泡下，金佳人承認的確有這麼一個人，是在首爾的國際學校認識的，當時出於某種高傲的理由，她選擇無視，現在想想很後悔，也許這輩子再也見不到他。

"他是韓國人嗎？"我問。

"算韓裔吧！父母都是韓國人，不過他有美國護照，所以能入讀國際學校。"

我嗤之以鼻，小韓國算什麼？哪有我天朝人民大氣？她就應該選個中國男友，好比顧源慶，五官端正，人還……善良。

金佳人問我收了人家什麼好處？怎麼幫起腔來？看來這個禮物不小。

其實在替兩人牽紅線的同時，我心裏挺難受的，因爲……因爲我也暗戀學長，他笑起來很像我最喜歡的韓星—李敏鎬。

“妳怎麼了？臉好紅。”她說。

“哪有？是……是天氣熱的關係。”

已入寒冬，我卻說天氣熱，没看過像我這麼口拙的人，連藉口也找了個四不像。

“既然天氣熱，放學後來我家，我家有冷氣。”她說。

這是第一次班花邀請我去她家，代表我們的關係又近了一步。

“好呀！放學後我們一起走。”我高興地答。

第五章/鮁魚餃子

我家住在威海高區的農貿市場旁，是一棟百年木造老屋，據說我的祖上也曾發達過，可惜只留下破爛房屋一棟。其間雖經小修小補，但風吹雨打加上生活惡習難改，很快又呈破敗景象，唯一的優點就是前院夠大，方便做點兒小生意（現在我們一家五口就靠賣包子爲生），也算是老祖宗爲我們留下的一條活路，萬萬沒想到漂亮得如同時裝模特兒的金佳人住得比我還差。

"這裏以前是鞋廠的員工宿舍，喏！那個紅屋頂據說就是工廠。"金佳人指著窗外白雪皚皚中的一抹血色說。

"這窗子也太不嚴密了，"我拍打一下褪了色的墨綠色窗框，"看！空隙這麼大，晚上睡覺不冷死了？"

我的好姐姐隨即拿出一本舊雜誌，撕下後堵住那些"風口"。

"好多了，不是嗎？"她問。

搞得我不知做何反應，想說安慰的話嘛！她好像也没當苦難一回事；想和她一樣甘之如飴嘛！我又假裝不了，因爲環境真的滿惡劣的。瞧！不僅冬天有"免費"的冷氣吹，牆面還坑坑巴巴，連傢俱都是克難式……但怎麼看居住其中的金佳人都像一位落難公主，就是那種即使睡在超高床墊上，依然能分辨出底下壓著一顆豌豆的人。

"跟我講講妳在首爾的生活吧！"我坐了下來，還因椅子太過單薄，差點兒毀了它。

金佳人好心地讓我坐在床上，雖然床體是簡易的木板床，但看起來很堅固，所以我不客氣地坐上去。

"妳說首爾啊！"她坐在那張差點兒被我坐斷的椅子上，"都說首爾的富人區在江南，但最貴的房其實在江北梨泰院的別墅區。再告訴妳，我看過三星長公主李富真，本人比電視上看到的要瘦小些。"

聽說韓國人一生無法避免三件事：死亡、稅收和三星，可見三星集團財大業大。金佳人提到看過三星家族的人，莫非她也曾住在梨泰院別墅區？

她答住是住過，但房子不是買的，而是每月花兩千多萬韓元租來的，因爲她媽媽是小三，所以即使她爸在江南有一個複式公寓，但爲了不惹爺爺奶奶生氣，他們一家三口還是在外面租房子住。

聽完，我嚇得目瞪口呆，這麼不光彩的事卻被金佳人毫無扭捏地說成"隔壁老王家的事"，真是一絕！

"妳爸的原配呢？她沒意見？"我問。

"或許有意見，但天高皇帝遠，也只能睜一隻眼閉一隻眼。"

"天高皇帝遠？她不住在首爾？"

"嗯！她和我的……姐姐長期住在加拿大。說來真可笑，我爸的大老婆就是因爲生女兒被嫌棄，一氣之下出國去了，這才讓我媽有空子可鑽，沒想到生下的又是女兒，爺爺氣得差點兒中風，因爲超聲波檢查一直顯示我是帶把的。本來我兩、三歲時可能會有個弟弟或妹妹，但被我媽不小心流掉了，後來就再也沒懷上，爺爺奶奶爲了此事沒少埋怨過母親，還好我們平常很少見面，大大減少了磨擦。"

我問既然正宮默許了，爲什麼他們母女倆還會離開韓國？

她答自從母親患病後，容貌大不如前，脾氣也變差，此時小四出現還一舉得男，她爸就想拿錢買斷和她母親的關係，可是她媽不同意，死纏爛打還鬧到公司，她爸也夠狠的，直接把人送進精神病院（當時她住校，不知道有這麼可怕的事情發生）。等人救出來，她媽還真有點兒不正常，老說有人要害她。就在一次與父親的劇烈爭吵後，她賭氣帶著生病的母親回國，心想再怎麼著也不致於餓死，沒料到沒錢的日子這麼難熬，即使把手飾賣了也是杯水車薪。

"妳太難了，我相信只要肯低頭，妳父親不可能見死不救。"我說。

"我才不！當初母親就是信了他的花言巧語，即使斷絕與原生家庭的關係也要跟著他，如今父親有了新人忘舊人，小四打敗小三，可笑不可笑？想起從前父母恩愛的畫面，原來只是夢一場，我恨不得啃其肉、喝其血，哪有反過來示弱的道理？"

知道自己的好姐姐如此不幸，我忍不住悲從中來。

"妳怎麼了？"她問。

"沒什麼，大概肚子餓了。"

她又問我是不是逢肚餓就會憂鬱？

其實不是這樣的，我頂多吃雙份來平復心情，但如此一來就無法解釋我爲什麼會突然感傷了。

"是的，肚子餓好像螞蟻在身上咬，痛苦得不得了。"我答。

“那還等什麼？我請妳吃樓下的鮁魚餃子，走！”

想到皮薄餡多的鮁魚餃子，口水差點兒流出來，但再想到金佳人的經濟拮据就不好意思蹭吃蹭喝，於是我很客氣地表示自己只吃十個墊墊肚子，因爲家裏人還等著我回去共進晚餐呢！

第六章/隱形富豪

原本只想吃十個餃子墊墊肚子，但看到小菜不錯，我又拿了腐竹拌芹菜、皮蛋豆腐和香辣筍絲。

"吃飽了嗎？" 金佳人問。

雖然胃還有成長空間，但我回答已經飽了，因爲不想增加請客者的經濟負擔，然而我的好姐姐不領情，她遊說我吃花生豆花當飯後甜點。

想到此刻口腔充滿大蒜味，叫個甜的中和一下氣味也好（省得一張嘴就把人給熏死），於是我讓泡開的花生及柔嫩的豆花一起滑進肚裏去。

如果只是吃一碗豆花，問題不大，但我連續吃了五碗（可見有多麼美味），完全忘了當初自己只想"墊墊肚子"的初衷。

" 那個……" 我掏出口袋裏所剩不多的零錢，" 明天我請妳吃校外的鐵板魷魚。"

金佳人把我手中零星的銅板給推回去，說：" 難得請自己的妹妹吃飯，妳甭客氣了。"

就因爲她說了貼心話，步出餃子店後，我不由自主地往
她身上靠。

"幹嘛呀妳？"她問。

"想和妳當連體嬰。"

她罵了一句"神經！"，但不介意與我在熙熙攘攘的人群中相
擁而行。

～

回到家，母親喊我吃飯。

"不了，没胃口。"我答。

"没胃口？妳是不是生病了？"母親摸摸我額頭，"没發燒
呀！今晚我煮了妳愛吃的水煮牛肉，妳確定不吃點兒？"

想到麻辣味濃、滑嫩順口的水煮牛肉，大大觸動我的敏
感味蕾。

"好吧！就吃一點兒。"我勉爲其難地答應。

没想到水煮牛肉實在太下飯，我連吞三碗白米飯，以致離開
飯桌時小肚子脹得宛如懷有五、六個月的身孕。

完了，這是要作死嗎？

心情大壞的我早早上床去，又因翻來覆去没睡好，起床連喝
兩大杯牛奶幫助睡眠，即使後來迷迷糊糊進入夢鄉，我還能
感覺自己的腸胃在加夜班，咕嚕咕嚕的聲音像鳴笛進站的老
火車，吵得我整夜不得安寧。

～

我家屬於低收入戶，但憑藉獨生女的優勢，全家把我當小祖
宗供著，不僅十指不沾陽春水，每天還有固定的零用錢花

（相信我，在消費相對低位的四線小城市，一個吃住在家裏的女高中生睡醒就有三十元錢好揮霍，那滋潤不下小富婆一枚）。

"媽，我能不能預支接下來五天的零花錢？"我問。

"要那麼多錢幹嘛？"媽邊答邊把客人要的包子裝進塑料袋內。

"我想請金佳人吃夜市牛排，昨晚她請我吃餃子，總得禮尚往來。"

威海東城路的老夜市向來有"小吃一條街"的美稱，聽說最近新開了一家牛排店，想到鮮嫩多汁的腓力牛排在鐵板上嗞嗞作響，搭配意麵、荷包蛋及西蘭花，我連吞好幾口口水。

"外面的東西既貴又不衛生，哪有家裏做的好？讓妳朋友週末過來吃火鍋吧！"媽說。

我家有個百年歷史的銅火鍋，據說是祖先留下來的（總算除了破爛房屋一棟外，還有個實用器具可用，聊勝於無）。每到冬天，母親總會把它從一堆雜物中找出來，用軟布擦淨抹乾，然後塗上一層薄薄的豆油或花生油，不出意外的話，這個老古董會被我們使用到來年開春再束之高閣。

"好呀好呀！"我拍手，"冬天吃火鍋最好，我相信金佳人也會喜歡。"

沒料到我的好姐姐聽到邀請後不若我歡喜，我的心跌落至谷底。

"我以爲……算了，還是請妳吃別的吧！"我說。

"別誤會，我喜歡吃火鍋，星期六約的幾點？"

"中午12點，妳知道我家，包子舖後面那棟就是。"我眉開眼笑地答。

～

我很少帶朋友回家（事實上根本没有過，誰會想和一個窮胖子走得近？），所以當我把那個擁有盛世美顏的結拜姐姐帶進門時，你可想見她有多受歡迎。

"小美女，都是一些粗食，妳可別嫌棄，多吃點兒哈！"說完，父親夾了片肥瘦相間的五花肉到客人碗裏。

爸說準備的都是粗食，這完全是謙虛的說法，量大就不提了，拜鄰近農貿市場的便利，加上和商戶都是幾十年的老朋友，我家一向能以最低價拿到最優品質的食材。這可不，你瞧！酸白菜、豬五花、牛肉片、香腸、臘肉、魚丸、牛肉丸、文蛤、三文魚、銀鱈魚、真鯛魚頭、包心菜、菠菜、豆腐、木耳、乾黃花、米線、海帶……等，東西多到桌子都擺不下，不得不向鄰居借來小型不銹鋼食物架，這才勉強解決無處堆放的問題。

"是呀！瞧妳瘦的，風一吹豈不上天？還是多吃點兒，像圓圓這樣福福泰泰的多好！"

說話的是我奶奶，在她眼裏，我的一切堪稱完美。

"没錯，"爺爺緊接著開口，"把這裏當成自己的家，別客氣。還有，以後我家的包子任意拿，以前不知道妳是圓圓的朋友，現在知道了，當然不收費。"

"錢肯定得付。"金佳人小聲地答。

此時一直默默在旁張羅我們吃喝的母親終於得空坐下來，同時不忘開啟"三姑六婆"模式。

"聽說妳是中韓混血兒，韓國不好嗎？幹嘛跑來威海這個小城市？"媽問。

我出手相助，強調金佳人的爸媽好有錢，她是窮著玩玩，還有，外國人很忌諱問人家祖宗八代，所以……就此打住吧！

我以為我說的夠明白，偏偏我媽不識相，問起金佳人可認識文化中路小商品市場賣韓版服裝的老闆娘？

“她是家母。”

母親一聽到答案，像得了失語症，連帶父親、爺爺、奶奶也不再說話。我的內心雖有疑問，但美食當前，很快便把家人的反常表現丟棄一旁。

飯後，父親和爺爺到客廳抽三元一包的大前門，很自然地把善後工作留給家中女性。我雖然也是個女的，但假裝沒看見堆積如山的碗盤，強拉客人進我房間，很熱心地給她看我從小到大的照片。

“妳的五官很標緻，瘦下來一定好看。”看完照片，姐姐有感而發。

我也這麼認爲，但能怎麼辦？活該我有易胖體質，哪像她？人長得美，身材還苗條，這世界就是留給像她這樣的人去揮灑青春……

金佳人要我別妄自菲薄，人生不到最後一分鐘，難分輸贏，何況我有個幸福的家庭，這是別人求都求不來的好運氣。

“我？好運氣？別尋我開心了！”我咯咯咯地笑。

“是真的，看得出來妳家人很寵愛妳，還有，光這棟房子就值不少錢，怎麼不把它賣了？”

這棟破爛房子是祖先留下來的，說它讓我們免去流離失所的恐懼，我信！但說它值錢，那真要笑掉大牙，如果我們是隱性富豪，估計方圓幾百里內的人全是。

姐姐說她不開玩笑，這棟木造房子雖然破舊，但用的可是上好的金絲楠木，她爸爸就曾買下一個金絲楠木做的桌子，花掉等同一輛進口轎車的價錢，而我家卻擁有一屋子的好木頭，其估值絕對不會是個小數目……

. . .

哈哈！這大概是今年聽到的最大笑話，原來我家富到流油，還有勞一個中文讀寫都有困難的外國人告訴我，真是滑天下之大稽！

" 好，哪天我富了，我會買下妳父親的整型醫院，讓妳當上名醫院長，好不？" 我說。

第七章/瘋女人

雖然我一再留客人吃晚餐，她還是堅決要離開。

" 是不是得回去幫妳母親看店？如果真是那樣，我不留妳了。" 我說。

看金佳人欲言又止，我告訴她賣衣服也沒什麼不好，世界上所有的巨富都源於銷售，不論貝索斯、比爾蓋茨，還是李嘉誠、馬云，哪個不是賣東西賣出一片天？

" 妳誤會了，我對賣衣服沒有成見，只是今天店沒開，因爲母親……病了，我得回家照顧她。"

糟糕！金媽媽生病了，我還把她女兒叫出來，真是太不應該了。

" 怎麼不事先告訴我一聲？早知道我就不約妳出來了。" 我懊惱地說。

" 沒事，出門前母親剛服完藥，應該會睡個長覺，這時回去剛好。"

想到金媽媽喜歡吃我家的包子，我轉身打包了兩大袋讓她帶回家。

“ 多少錢？”她問。

“ 姐妹間還談錢？太見外了！”

“ 那……謝了，改天請妳吃好吃的。”

我說好吃的免了，若真覺得不好意思，倒是可以“以物易物”。

金佳人問我能不能別兜圈子？她聽不懂。

“ 照片，我想要那張妳站在油菜花田裏的照片。”

我曾看過姐姐的手機照片，通通美到不行，但我獨鍾意這一張，除了女主角的笑容很治癒外，還有一個很隱秘的理由，那就是照片左上角意外出現一個男孩的身影（恰巧是我喜歡的那一型）。

“ 除了那一張，其他都可以。”她答。

“ 爲什麼那一張不行？我就喜歡那一張！”

可惜好說歹說，照片主人就是不答應，我只好退而求其次。

金佳人一聽說我想要她的所有私人照片（除了油菜花田那一張外），嚇壞了，問我爲什麼要那麼多張照片？

“ 是妳說除了‘那張’，其他都可以。”我有恃無恐，“ 當然，妳現在改主意還來得及。”

金佳人哀嘆一聲，回答今晚給我發照片。

我以爲她會妥協，沒想到頭可斷血可流，她依然不肯給我有大帥哥的那一張。

望著金佳人發過來的一百多張照片（從光屁股的嬰兒照到現在的吾家有女初長成，琳瑯滿目），我忽然心生歹念，如果把它們賣給學校那群"癩蛤蟆想吃天鵝肉"的男生，我肯定能大賺一筆。

一有這個瘋狂念頭，我猛敲自己的腦殼，真是的，怎麼可以背叛自己的姐姐？想錢想瘋了不成？

是的，我可以背叛任何人，但不能背叛金佳人，我們是以天地爲鑑，互許"吉凶相救、福禍相依、患難相扶"的結拜姐妹呀！

"賣照片求富"的想法雖然很快曇花一現，但這不表示我會"坐失良機"。

是這樣的，長久以來我活躍於各大社交網站，連"警察叔叔幫流浪狗找主人"的新聞也要評論兩句，然而即使踴躍發言，仍不敵美女受歡迎（頭像不代表本人，但自有腦殘者主動意淫，並進一步加強完善）。

我也曾想過盜用別人的照片，但找來找去找不到一張稱心如意的。首先，名人照片皆不可用，用了也缺乏說服力，因爲名人都忙著使自己有名，哪有時間上網論人是非？那麼就只剩平民百姓的生活照了。

雖然我的身材有點兒……"抱歉"，但對"頂替者"也有要求，如果沒達到90分（滿分100），我寧願不要。道理很簡單，只要我瘦下來，差不多也能達到90分，既然這樣，何必降格以求？

金佳人算是少數幾個能達到90分的人，那麼在我瘦下來之前，我不介意拿她的照片用用，果然……

相對以往拿動物、風景或靜物當頭像，如今真是不可同日而語。瞧！我一發言，立馬收到四面八方蜂擁而至的彩虹屁。

· · · ·

33

"美女，這是妳的照片？哇噻！好像全智賢。"

"小姐姐，能加個微信嗎？我是零零年的小鮮肉。"

"妳是哪個學校的？肯定是校花。拜託！別告訴我妳已經有男友。"

"圓圓？這是個好名字，讓我想到明末陳圓圓，都是大美女。"

"能不能再多發幾張照片？難得遇上一位天仙。"

"對對對，再多發幾張讓我們解解饞，因爲秀色可餐嘛！哈哈！"

"網上有太多P過的網紅臉，看了就想吐，妳是少數幾個天然美女，能跟妳交個朋友嗎？"

……

雖然使用他人照片"張冠李戴"的行爲不光彩，但跟"照騙"有本質上的差異，至少我發的確有其人（而且没加工過），這讓我多少不那麼有罪惡感，反而樂觀地以爲這是在幫好友打知名度，所以網友一鼓譟，我又多發了兩張，這次的驚呼聲更高，把我捧成了童話故事裏的公主，讓我幾乎忘了現實生活中的我有多麼不堪。

看"首戰告捷"，再想到手機內有那麼多張美照（一天發一張，半年不帶重樣），我彷彿擁有一箱的金銀珠寶，得瑟得很！

"嘻嘻！這假扮美女的遊戲實在太好玩了。"我捂著嘴偷笑。

没料到我這廂忙著被"眾星拱月"，母親那廂卻老扯我後腿，害我不得不中斷好幾次。

"媽，妳這樣進進出出，我怎麼學習？到時考不上大學可別怪我！" 我開口抱怨。

本以爲母親會就此隱身，沒想到她一屁股坐下，似有長談的意味。

我索性關機（急死那幫色友），把目光投向母親。

" 我一聽說妳朋友是中韓混血兒，心裏嘀咕可別是傳言中那個瘋女人的女兒，結果怕什麼來什麼，真的中獎了！"

瘋女人？金媽媽？太可笑了！她是生病了沒錯，但說人家發瘋就太惡毒了。

母親信誓旦旦地表示這不是空穴來風，幾天前一個全身赤裸的女人在馬路上狂奔，圍觀的人很多，錄相還發到網上去，後來被人肉到是文化中路小商品市場賣韓版服裝的老闆娘，因爲瘋病，被韓國老公掃地出門，還連累到二八年華的女兒……

" 不是這樣的，金媽媽得的是甲減，不是瘋病……" 我囁囁地說。

" 我不清楚什麼是甲減？但妳朋友有個不正常的母親，這是枚隱形炸彈，妳給我離她遠點兒，省得惹禍上身……"

金佳人是我朋友，我唯一肝膽相照的朋友，母親怎能說出這麼殘忍的話？

" 夠了，除非我死，否則別想要我離開金佳人！" 說完，我起身將母親推出房外。

第八章/隱形炸彈

星期天我通常睡到自然醒，把一個星期以來的疲憊一次修復完畢，但今天不一樣，我早早起床。

"圓圓，"奶奶把一鍋小米粥端上桌，"吃完早餐再去上學。"

"今天星期天，不用上學。"

"不用上學？怎麼我去買鹹鴨蛋時看到王老師的兒子背書包上學去了？"

王老師的兒子讀的是一中，一個星期上足七天，哪像我讀的菜場高中，即使已經高二，我依然背不駝、肩不垮，視力還他媽的2.0。

"奶奶，我和王小小讀的是不一樣的學校。他的學校星期天上課，我的不用。"

"你們不是同班？怎麼一個要上課，另一個不用？"

又來了，奶奶的老年癡呆症越來越嚴重，不僅時間會穿越，空間也會跟著變化，有一次她甚至以為自己仍住在山腳下，太陽一露臉就得上山趕羊去。

「對對對，我們是同班，吃完早飯我就去上學。」面對質疑，我選擇妥協。

奶奶很滿意我的回答，舀了一碗綿稠的小米粥給我，再把牛肉餡餅及涼漬小菜往我的方向挪，我頓時胃口大開，即刻坐下來「大開殺戒」。

吃完早餐，趁著母親正忙著應付買包子的客人，我一溜煙跑了，還因跑得太快，差點兒撞上賣菜大嬸的兒子。

「著什麼急？」他問。

「不關你事。」

「拿著，」他遞給我一個油紙袋，「月錦的鼠餅。」

奇怪了，我為什麼要接收他的東西？也不知乾不乾淨、新不新鮮，甚至……有沒有下毒。

我把頭轉向一旁，看都不看他一眼。

「妳就這麼討厭我？」

「沒錯。」

「那好，我把鼠餅拿給妳媽，順便告訴她妳拒絕接受我母親的好意。」

噢！原來是賣菜大嬸的心意，那麼基本可以排除被下毒的可能性。

我默默收下鼠餅，並且再三叮嚀他別上我家，我們全家都很忙，沒空搭理他。

「好啦！妳……」他突然臉紅，「妳瘦下來一定好看，所以……少吃點兒。」

直到那人的影子消失在巷子口，我還渾渾噩噩，這是哪門子操作？簡直見鬼了！

～

我走到金佳人所住的樓底下才打電話給她。

"天氣冷，還是回去吧！別上來了。" 她說。

"就是天氣冷才要進屋，還有，我拿鼠餅給妳……媽吃。"

金佳人沉默一會兒後，提醒我爬樓梯上來，因爲今天電梯又罷工了。

呵呵！真幽默，這棟看起來像"爛尾樓"的建築物根本沒電梯。

"知道了，我讓泊車小弟停好車再上樓。" 我答。

～

金媽媽看見我很開心，還說要進口一些大碼女裝，讓我下個月到店裏挑挑。

"好咧！金媽媽的眼光好，進的貨一定漂亮。"

"那肯定的，妳坐會兒，我上班去了。"

待人走後，我才想起金媽媽還沒吃我帶過來的鼠餅。

金佳人答沒關係，人還是會回來，晚點兒吃而已。

"妳媽……妳媽看起來沒事。" 我小心翼翼地說。

"我媽應該有事嗎？"

我支支吾吾半天，不知該從何說起。

「鼠餅甜不甜？」她忽然問。

「不知道，應該是甜的。」

「那我泡壺茶。」

果然入口回甘的茶水能沖淡甜膩的口感。

「這餅裏有什麼？」她咬下一口後，望著餅裏的內餡問。

我告訴她有枸杞、燕麥、蓮子、南瓜籽、粟米和芝麻。

「妳好屬害，怎麼一吃就知道？」她瞪大眼睛問。

該怎麼說呢？如果這也算天賦，那麼我很小的時候就嶄露頭角（譬如知道哪道菜忘了放啥啥啥）。我媽還說應該帶我吃遍各大餐廳，保管氣死明星主廚，因爲他們的秘方到我嘴裏就不再是秘密。

金佳人流露出傾羨的眼神，她建議我應該就讀藍帶國際學院（**Le Cordon Bleu**），這是一家含金量很高的烹飪學校，畢業生就業率百分百，起薪也高。

我問學費貴不貴？她答不清楚，應該很貴，畢竟學的是法國菜。

「那還談什麼？」我洩氣地問。

「話不能這麼說，誰知道明天會發生什麼，搞不好到時候妳以爲的問題將不再是問題。」

「也對，我忘了自己是隱形富豪。」我樂呵呵地自嘲。

金佳人問我有沒有告訴家裏人有關金絲楠木的事？

我答忘了提，因爲注意力被另外一件事給帶開了。

「什麼事？」她問。

"我媽……聽說……妳媽……"

"好了，別說了。"她立馬變臉。

這麼說是真的？

"我……我就想告訴妳—妳不孤單，我會永遠待在妳身邊。"我一表忠心。

金佳人保持緘默，直到我把鼠餅都快吃光了（總得留兩塊給金媽媽吃），她還是沒說話。

"我走了，"我起身，"功課還沒寫完。"

"別走！我……我好孤單，能陪陪我嗎？"

這時我才留意到她的兩隻眼睛紅紅的。

"當然，"我又坐了下來，"有什麼話儘管說，我洗耳恭聽。"

後來我才知道自從金媽媽被自己的"老公"送進精神病院後，偶爾會出現幻聽。金佳人以爲這是暫時的，回國後會改善，沒想到事與願違，她媽媽除了甲減持續惡化外，精神狀態也不佳，好的時候跟常人無異，發起病來甚至會自殘。幾天前的裸奔無疑證明她的努力全白廢了，她感覺心力交瘁，尤其鄰居看她的眼神明顯不對，好像裸奔的是她，不是她母親。

"要不要……要不要把妳母親送去……送去精神病院？"我試探性地問。

她惡狠狠地看著我，問："我媽就是被精神病院給害的，妳還要我把她送回去？"

我趕緊表示自己不是這個意思，而是……也許中國的精神病院不一樣，讓專業人士照顧豈不更好？畢竟她還未成年，這樣的負擔過於沉重。

"再怎麼沉重也不送精神病院，她是我媽，我不照顧她，誰照顧？"

我很想提議讓她父親幫點兒忙，但再想到她的犟脾氣，我把到嘴的話吞下肚。

" 告訴我，妳父親是怎樣的人？" 我轉問。

金佳人這一回答老長的，直到飢腸轆轆，我才發現已到了飯點。

第九章/早安，歐巴

金佳人問我是不是還吃餃子？我答不了，世界上的美食這麼多，要有勇氣嘗試，萬一遇上好的，就會有中獎的感覺。

"那麼這次妳想買哪家的彩票？"她問。

我其實滿想吃常綠軒的韓國料理，但再想到沒有長輩買單，我囊中羞澀，難不成只吃店家附贈的小菜和南瓜湯？

"山大西南門附近有很多物美價廉的小吃，我帶妳去！"我答。

回家逢母親正在收拾飯桌。

"有沒有吃的？肚子餓了。"我喊。

母親停下手中的動作，問我一個早上都上哪兒去了？怎麼到現在還沒吃中飯？

"吃是吃了，但沒吃飽。"我小聲地答。

她趕忙到廚房給我加熱剩菜剩飯，趁著這個空檔，我不由自主地回想起和金佳人的對話。

"我爸畢業於慶熙大學整形外科，擅長眼鼻整型及面部提升，家裏有很傳統且保守的思想，譬如長幼尊卑、傳宗接代、重男輕女、男主外女主內……等等。"

"妳媽跟妳爸是怎麼認識的？"我太好奇了。

"說來真好笑，我媽去隆鼻，我爸說她的鼻子很小巧精緻，正好配她的小圓臉，勸她打消動鼻子的念頭。我媽心想這個醫生很實在，所以我爸一撩她，她就上鈎了。兩人交往大半年後，我媽才發現自己當了小三，可惜爲時已晚，因爲她肚子裏已經有我，就算鬧家庭革命，也只能硬著頭皮走下去，這也導致我到現在還未見過自己的外公外婆，遑論其他親戚。"

聽起來這種邂逅很不一般，不像我爸和我媽，只憑媒妁之言就結婚，婚前總共只見過五次面，還是在雙方親戚都在場的情況下，一點兒浪漫也無。

"誰不喜歡浪漫？但首先得有錢才浪漫得起來。將來我要賺很多很多錢，然后買一個背山面海的大房子了此一生。"我的好姐姐說。

"不對，難道妳不結婚、不生小孩？"我提出質疑。

她答孩子可有可無，至於老公……除非遇到真正喜歡的，否則寧願不結。

我不苟同，男大當婚，女大當嫁，我家就我一個孩子，我若不結婚，我們金家就要絕後了。

金佳人聽完哈哈大笑，她說不結婚也可以生小孩，只要有錢，連懷孕都可以找人代勞。

"那就不一樣了，只有真正痛過才懂得珍惜……"我喃喃道。

"圓圓，我發現妳很適合嫁給韓國人，因爲他們基本都很大男人主義，妳一定能有魚水之歡。"

魚水之歡？媽的，這也太色了吧？

她一副摸不著頭腦的樣子，我問她難道不是指那個那個？

"哪個？我記得有句中國成語有魚又有水，意思是很match，好比拼圖，能拼得起來。"

有魚又有水……match……拼起來……渾水摸魚？不對……水清無魚？也不對……如魚得水？

金佳人拍手，說她的意思就是如魚得水。

"老天！'如魚得水'和'魚水之歡'的意思相差十萬八千里，真要嚇死我了，不帶這樣亂用成語的。"

"其實韓國也有四字成語，如果哪天妳到韓國居住就知道學習一門語言有多難。"

我謝了她，說自己學英語學了十多年還講得坑坑巴巴，像韓語這種小語種就算了，我還想多活幾年呢！

"An nyeong，oba." 她突然說。

我問這句韓語是什麼意思？她答如果早晨遇到一位平輩的韓國男生，可以向他說"An nyeong，oba."，意思是"早安，歐巴"。

"妳爲什麼要教我這一句？"

"因爲當年在國際學校時，我總想對一個男生道早安，但一直沒說出口，所以……如果有一天……也許妳用得上。"

我問這位她開不了口的男生該不會和油菜花田裏的那一位是同一位吧？

我的好姐姐瞬間紅了臉。

原來如此，難怪那麼小氣。

"好，我答應妳，如果有一天我到韓國，又碰巧遇上妳的白馬王子，我會了了妳的夙願。"

她苦笑著答希望沒有那麼一天，因爲她想親自對他說："An nyeong，oba."

第十章／無法兌現的承諾

光陰似箭，日月如梭，轉眼間春天的腳步遠了，替代的是夏天的呲呲蟬叫聲。

"佳人，放學後我們到海水浴場走走。"我說。

我們這所菜場高中鄰近國際海水浴場，那裏的海水清澈，沙灘也乾淨，是我見過最棒的海灘，無怪乎每年的世帆賽在此舉辦。

"不了，太陽很毒，我已經曬黑了。"她答。

"我幫妳打傘，絕不讓妳成為黑美人。"

在我的軟磨硬泡下，我的好姐姐答應了。

我不止一次聽說"金佳人高傲，眼睛長在頭頂上"的傳言，那是因為他們沒和她深入交往，一旦虜獲她的心，她是天底下最好講話的人，要星星不給月亮，和氣得很。

好不容易等到放學的鐘聲一響，我忙不迭揣著姐姐來到海邊。五月的海水和沙灘還很冰冷，但頭上的炙陽卻能讓人"火冒三丈"。

"傘呢？"金佳人問。

"忘了帶，"我左顧右盼，"人呢？"

我的好姐姐問我又在玩什麼把戲？

嘻嘻！被她瞧出來了。

其實也沒什麼大不了的，就是約了網友在小鎌倉及環海路交滙處見面，離我們所站的位置約有一百米遠，方便我觀察。

金佳人說既然約了見面就該打扮打扮，怎麼一副蓬頭垢面的樣子？還有，我們站得這麼遠，人又多，他如何知道我來了？

"就是不想讓他知道，知道不毀了？我只想看看對方是不是'照騙'？如果是，回去我立馬拉黑他！"

我的姐姐做出一個快暈倒的動作（也難怪，憑我的條件，對方肯出來見面就很不錯了，我還挑三揀四？）。

眼看時間一分一秒地逝去，那個有張俊朗笑臉的男生仍然沒有現身。我不免失望，原來那個人也害怕"見光死"，果然網上的東西皆不可信。

"妳約的人叫什麼名字？"金佳人問。

"他叫蘇長青，山大一年級的學生，是個學霸，拿獎學金的。"

"這麼說他不可能搞錯地方。"

哎！怎麼可能搞錯？他讀的山東大學威海分校就近在咫尺，說是地頭蛇，一點兒也不爲過！

"也許……也許他有個頭疼腦熱的。"我替未見面的網友找藉口，"不等了，我請妳吃好吃的。"

"一定得好吃才行。"她答。

沿環海路有多家小吃店，大部份宰人又不好吃，身爲道地的威海人，我負責任地告訴你，只要稍微往裏面走一點兒就會有很多讓你吃了眉開眼笑的店，而且對荷包而言完全不構成壓力。喏！青少年活動中心斜對面就有這麼一家，我和姐姐正等待水煎包出鍋……

"嗨！金圓圓。"

聽到有人喚我，我轉過頭去，嚇得差點兒心臟驟停，這……這不是蘇長青嗎？他怎麼出現了？還他媽的一點兒也沒"照騙"，甚至比頭像還陽光些，肌肉也很發達。

"抱歉！教授晚下課，我衝到約會地點，妳已經不在，還好在這裏遇上了。"

姓蘇的把目光投向金佳人，而金佳人則望向我。

"咳、咳、金……金圓圓很生氣你遲到了，所以……下次再約。"說完，我拉著姐姐走人。

"喂！水煎包不要了嗎？"老闆沒好氣地喊。

於是我們又灰頭土臉地回來交錢、拿吃的。

"圓圓，真的對不起，我也不願意遲到，但總不能讓我溜課吧？"那男孩說，很真心實意的樣子。

"你連溜課都不敢，還能做出什麼大事業？拜了！別再來找我，找我也不理你。"金佳人說完，拉著我快步離開。

～

我們面對血色的夕陽吃水煎包，與別家的不一樣，這家包的是韭菜雞蛋加粉絲蝦皮，熱量應該很低，代表待會兒的正式晚餐我可以多吃一些，但我全無欣喜之情。

"我以爲那個男生會拿照片唬人，沒想到貨真價實，長得真好看。"我邊吃邊嘆氣。

"他是沒騙人，妳呢？妳有沒有騙人？"

"我……如果我發自己的照片，妳以爲他還會赴約？"

"所以妳就拿我的照片騙人？"

我頓時語塞，沒錯，我是騙人，而且一次騙了兩個。

此時海風拂面、浪濤聲不絕，正是一天最舒服的時刻，可是我們兩姐妹卻陷入無話可說的尷尬境地。

"剩下一個水煎包，給妳。"我先釋放善意。

"我不要！"她用力一推，結果水煎包滾落下去，成了"沙"包。

我頓時委屈到不行，扯開嗓子大哭特哭。

"好啦！對不起，我這就去給妳買新的，別哭！"她好脾氣地說。

"我……我哭……又……又不是爲了水……水煎包，我是哭……哭我自己，怎麼就……就減不下來，成……成了人見……人討厭的大……大胖子。"

金佳人說我言過其實了，她就不討厭我，還有，我不是減不了肥，而是方法用錯又沒毅力。放心，她會幫我，很快我就會成爲人見人愛的瘦美人。

"真的？"我拭去眼淚，"我們打勾勾。"

我的姐姐毫不遲疑地伸出手來與我勾了勾，可惜這個承諾……永遠也無法兌現。

第十一章/惡耗

隔天一直到課間操結束，金佳人還是沒來上課。望著空蕩蕩的位子，我有不祥的預感，很想立刻打電話給她，但是……

我們這所菜場高中的升學率向來很差，但校規卻一籮筐，只要人來了，手機一率上繳，雷打不動。

想到此時我的手機正在班主任的抽屜裏躺著，頓時焦躁不安。

"金圓圓，妳又怎麼了？皮癢嗎？"語文老師問。

自從"黃腔事件"後，丁老師收斂許多，但這不表示他不記仇，只要逮到機會，他總要揶揄我兩句。

"皮沒癢，只是擔心金佳人，她到現在還沒來上課，老師能不能打個電話問問？"

"也許她生病了，沒什麼大不了的，倒是妳沒來上課才需要擔心。"

"爲什麼我沒來上課才需要擔心？"

"妳若生病了，可能會變瘦，如此一來，本校就少了體重過兩百的人，損失太過慘重。"

他一說完，全班哄堂大笑。

太氣人了！我哪有兩百斤？空腹時甚至能低於190斤好嗎？

如果金佳人在場，看到自己的妹妹受欺負，肯定會懟幾句，偏偏她今天缺席，我像斷了線的風箏，無處依靠……

孤立無援讓我更加想念姐姐，她可千萬別出事呀！

等放學的鐘聲一響，我立馬要回我的手機，並且在第一時間內打給金佳人，可惜無人接聽。

我不信邪，一次又一次撥打，結果依舊。

"會不會金媽媽又裸奔了？"我邊想邊趕往姐姐的家。

金佳人的住處樓底下拉起黃色警戒線，草叢中有個褪了色的墨綠色窗框，玻璃碎了一地。圍觀人群嘰嘰喳喳，即使我沒問，自有"小道消息"傳進耳中，大意是有人跳樓了。

不，不會的，這不是真的……

我急得想哭。

"小姑娘，妳的制服跟跳樓妹子一模一樣，妳們是不是同校的？"一位大媽問我。

"她……她可能是……我姐姐。"我小聲地答。

一聽說我是自殺者的妹妹，長舌婦主動通風報信，我得以走"綠色通道"進到樓內。

"妳是自殺者的親人，他們叫什麼名字？"大鼻子警察問。

"他們？"

「跳了兩個，妳不知道？」

聽說金媽媽也沒了，我泣不成聲。

「好了，先不問，妳冷靜一下，看看屋裏有沒有短少什麼？」

這間屋子家徒四壁，所有東西都很克難，大概連小偷都不屑光顧，但我還是下意識往裏走，這一瞧，讓我發現一張紙質照片（油菜花田的那一張）。

我望著照片感觸良多，金佳人一定很愛他，否則不會光洗這一張，再想到疼我的姐姐已經沒了，我把照片摟在懷裏痛哭不已。

「妳又怎麼了？」方臉警察走過來，「哭哭啼啼的，一點兒忙也沒幫上。這樣吧！跟我們回警局做筆錄。」

我問做完筆錄能不能去看看姐姐和金媽媽？

「金媽媽？妳們不是母女關係？」方臉問。

「不是，我和金佳人是結拜姐妹，但我們比親姐妹還要親。」

一旁的大鼻子警察聽完很生氣，說我在玩他們，然後指著大門要我出去。

我走到門口又踅回，問：「我能不能要一件姐姐的白襯衫做紀念？」

「妳到底在想什麼？」大鼻子怒目相視，「休想從這裏拿走任何東西，對了，妳剛剛是不是拿走什麼？」

「沒有。」我把頭搖得像撥浪鼓，然後奪門而出。

∼

回家後我大病一場，剛開始只是感冒症狀，後來發燒，再後來陷入昏迷，連夜被送往市立醫院。

聽說急診室醫生也很迷惑，因爲我得的是普通感冒，雖然發燒，但不致於昏迷，然而我真真實實、的的確確昏迷了三天三夜，腦子完全没印象，白茫茫一片。

即使清醒過後回到家裏，身體也逐漸康復，但我彷佛失去快樂的動力，除了金佳人的話題，什麼都提不起興趣。

這一天，母親把飯菜端到我房內，托盤上有紅燒豬蹄、醬牛肉、蘆筍炒肉絲、家常豆腐和滿滿的一碗香米飯。

換作從前，我會立馬端起碗筷狼吞虎嚥，但如今……我什麼也吃不下。

"這是怎麼了？大半月都過去了，應該好起來才是，瞧妳，瘦了不止二十斤。"

母親說的没錯，我是瘦了，但離苗條也還有一段長距離。

"媽，我想去看看金佳人。"

"看？到哪裏看？都這麼多天了，人肯定火化了。"

想到姐姐已成一抔黃土，我悲從中來。

"既然這樣，我去墳前上柱香也好。"我退而求其次。

"實話告訴妳，我和妳爸認爲妳會得此怪病就是因爲跑到出事現場沾染上一些不乾淨的東西，所以別再提那個女的，太晦氣了！"

母親不說則已，一說我悲憤交加，她怎麼可以說姐姐晦氣？

我掙紮起身，母親問我去哪裏？我答去找金佳人。

她立馬堵在我面前，若不是大病一場，僅憑母親一己之力根本無法阻攔我。

一意孤行的結果是全家決定將我扣押起來，不僅房間上鎖、手機被沒收（怕我報警），連窗戶也用木頭加固好，我徹底成了籠中鳥。

被軟禁在家，我益發想念我的姐姐，她在天國可好？有沒有想我？……

就這麼東想西想，我忽然憶起那天在出事現場"順"走了一張照片。

我快速跳下床，把書包打開，還好，母親沒亂翻我東西。

看著照片，我忍不住紅了眼，用手指輕輕撫摸姐姐的臉龐，她彷彿想跟我說話，說什麼來著？

" **An nyeong**，**oba.**" 姐姐的聲音響起。

我抬起頭來四處張望，可惜除了我，房間內空無一人。

哎！一定是我太想念金佳人，以致出現了幻聽。

我的目光回到照片左上角的歐巴身上。

" 他究竟是怎樣的人？" 我喃喃自語，" 可惜姐姐想親口對他道早安的願望眼看是實現不了了。"

我不禁唉聲嘆氣。

第十二章/潘安在世

金佳人的去世帶給我很大的衝擊，前一天姐姐還和我在海邊大啖水煎包，怎麼睡個覺醒來，人就沒了？ 一點兒徵兆也無。

我不禁思考起人生，我從哪裏來？又該往何處去？除了生存，是不是還有其他？否則豈不是白白走一遭？……

"反省"讓我從大大咧咧、不居小節的人，轉變成只會點頭和搖頭的"淑女"。

" 妳也該看看書，暑假過後就高三了，若沒考上大學就去當女工，聽到沒？"母親正幫我收拾房間，嘴巴也沒閒著，邊做邊說。

我點頭。

" 班主任打電話來問候妳，說同學們都挺想念妳，祝妳早日康復。"

我二度點頭。

"警方找到妳朋友的家屬了，聽說是四川人，我猜想骨灰已經接回去，妳若想去上柱香，我讓妳爸帶妳去。"

這一次我不點頭也不搖頭，而是陷入苦思中。

我的姐姐肉體已經化爲灰燼，即使來到墳前又如何？她已不在人間⋯⋯

"妳是怎麼想的？倒是說話呀！"母親急了。

我没回答，只是默默流淚。

母親嘆息，不再言語。

没想到隔天一早，穿道袍的人便來到（原來母親以爲我中邪了）。

看來者在我面前舞刀弄劍，口中還唸唸有詞，我突然覺得可笑，越想讓自己不笑，結果反而更糟，我笑得像個瘋婆子似的。

"圓圓，妳給我嚴肅點兒，師傅在作法，太大不敬了。"母親壓低聲音斥責我。

我還没來得及"嚴肅"，倒是師傅先"棄械投降"，他說有個穿白襯衫的少女一直在跟他鬥法，無論他怎麼施法術，她還是不肯走，看來只能另請高明。

穿白襯衫的少女？說的可是姐姐？

"那女的現在在哪裏？有没有話請你轉告？"我問穿道袍的人。

"她現在在鏡子裏，没說話。"

我的房間裏有個老式衣櫃（據說是祖先留下的），上面本來没有鏡子，我從夜市買來一個塑料框的半身鏡，再拿502膠水給粘上，方便我整理儀容。

母親曾阻擾過我，因爲鏡子對著床不吉利。我不管，依然我行我素，母親只好睜一隻眼閉一隻眼。如今道士說穿白襯衫的少女在鏡子裏，母親嚇壞了，趕緊拿被子遮擋住，叮囑我別拿開後，拉著道士走出我的房間。

他們一走開，我立即把被子扯下，鏡子裏的人臉色蒼白，但體型壯碩，分明是我，不是金佳人。

於是我把花睡衣脫下，換上以前買的白襯衫，以爲這樣姐姐便會回來，然而鏡子裏依然是我。

" 我的好姐姐，妳在哪裏？" 我對著鏡子喃喃自語。

清晨六點，母親喊我起床，要我吃完早餐上學去。

" 我還病著呢！" 我有氣無力地答。

" 妳這是懶病，整天躺著能不病嗎？快點起來，我一堆事要忙。"

我嘀咕著，但照做，畢竟重獲自由不是壞事，而且課落下太多也不好（雖然考上大學的機會很渺茫，但起碼得混張高中文憑，否則連到麥當勞打工的機會都沒有）。

" 圓圓，妳怎麼就吃這麼點兒？小鳥都吃的比妳多。" 爺爺說。

我答嘴巴苦，想吃甜的，無奈桌上都是鹹的。

奶奶立即塞給我一百元，讓我想吃啥買啥（加上每天固定會有的三十元，"開學"第一天就收入頗豐，真是個好兆頭）。

" 謝謝！我走了，爺爺奶奶再見。" 我揮手道別。

"金圓圓，妳現在果然體重不過兩百，再這麼瘦下去，小心成了趙飛燕？"語文老師當著全班說。

"丁老師，你現在果然還是話無好話，再這麼毒舌下去，小心禍延子孫。"我面無表情地反擊。

那個彌勒佛瞬間沒了笑臉，他說我不尊師重道，枉爲學生。我回嘴，說他人身攻擊，枉爲人師。

"金圓圓，妳還想不想畢業？"他虎著眼問。

"丁老師，你還想不想領退休金？事情鬧大了，我頂多換個學校唸，但你呢？可能一輩子再也找不到教職。"

丁老師氣得臉紅脖子粗，他要我等著，這事沒完！

我以爲"太歲頭上動土"的結果必然是被叫到辦公室懲處或口頭批評，但什麼事都沒發生，真是稀奇！

好不容易熬到放學，口袋裏依然有130元，我有點兒不知如何是好。沒錯，一整天我都沒光顧小賣部，連母親的愛心午餐也留下大半，不得不餵校狗吃。

"圓圓，"體育委員潘安趕上我，"妳變瘦了。"

"我知道我變瘦了，有事嗎？"我邊走邊答，對校外兩旁的流動攤販視若無睹。

他問我金佳人是不是真的爲救跳樓的母親而不幸身亡？

"不清楚，我不是目擊證人。"

"好可惜，她長得這麼美，果然紅顏多薄命。"

我說那麼他該擔心自己，因爲"潘安在世"的成語是用來形容潘安的盛世容顏……

"真的嗎？我也是帥哥？"他頗爲興奮地問。

這麼明顯的揶揄也聽不出來？看來本校男生的智商堪虞。

我搖搖頭，快步走開。

第十三章/再度狂吃

一回到房間，我立馬感覺有事不對勁，不是因爲被子折得像豆腐乾，也不是垃圾桶裏的垃圾已經倒了，而是……

我奔向廚房，母親正在給雞拔毛，那對雞眼看起來很瘮人，感覺死不瞑目。

"我的鏡子呢？"

"早告訴過妳鏡子對著床不吉利。"

"我問妳鏡子呢？"

"賣給收舊貨的佟叔。"

我氣得直奔佟叔家，他家比我家好不到哪裏去，同樣破舊。

"妳來晚了，鏡子被賣菜大嬸的兒子給買走了。"佟叔說完，吐出一口白煙，嗆得我半天緩不過氣來。

"他一個大男生要鏡子幹嘛？"我怒氣沖沖地問。

佟叔答他也很納悶，那矮子原本想買二手耳機，一聽說鏡子是我的，耳機不買了，直接拿走鏡子。

我掏出口袋裏的130元，問他有沒有最新款的耳機？

"妳運氣好，一個小時前有人拿著九成新的森海塞爾過來賣，看在老鄰居的份上，就收妳130元。"

"這麼便宜？會不會是偷的？"

"實話告訴妳就是偷的，但至少是正品呀！買不買？"

我給了他130元，轉身走進隔壁的農貿市場。

"圓圓呀！妳好像瘦了，瘦了不好，少了富貴氣！" 賣菜大嬸看到我雖然很高興，但沒把眼睛笑成彎月型。

"只減了二十斤。"

語罷，一個比我矮半個頭的男子樂呵呵地笑，我問他笑什麼？

"妳終於瘦了，再減五十斤差不多。"

"干你何事？" 我瞪他一眼，然後拿出耳機，"這個給你，你把鏡子還我。"

"妳怎麼知道鏡子在我這裏？……也對，佟叔這個人根本守不住秘密。"

我問他換不換？他答不換。

"我不知道佟叔賣你多少錢，但那是地攤貨，19.9元有一個，而我手中的藍牙耳機是德國牌子，原價就要兩千多，即使二手貨，也絕對貴過19.9元。"

我樂觀地以爲凡精神正常且不弱智的人絕對不會錯失良機，偏偏賣菜大嬸的兒子非一般，他死活不肯換。

"你就非得我求你不可？" 我問，心情壞到極點。

"我没讓妳求我，不過......反正妳没男朋友，我也没女朋友，加上我媽又喜歡妳，我們搭伙過日子算了。妳若答應，我立馬交換，讓妳一年365天都能照鏡子。"

我暈！19.9元就想買我？老娘可没那麼便宜！

"Dream on." 我氣沖沖地丟下一句。

背後傳來賣菜大嬸的問話："兒啊！圓圓講的哪國話？什麼意思？"

對呀！"Dream on" 是什麼意思？我怎麼突然來上這麼一句？

～

回到家，我把自己鎖進房間內，全家輪流喊我吃飯，我就是聽不見，急死他們！

"人是鐵,飯是鋼，一頓不吃餓得慌，圓圓呀！趕緊出來吃飯。"奶奶說。

"妳大病初癒，不能這麼折磨自己。"爺爺說。

"不過是面鏡子，至於嗎？"爸爸說。

"金圓圓，妳有種明天、後天、大後天也別吃，我就不信妳受得了。"母親說。

......

不論他們來軟的還是來硬的，我皆不受理，自顧自地沉浸在音樂當中（剛好今天買的藍牙耳機派上用場）。

我從賈斯汀·比伯的《Baby》聽到阿黛爾的《When we were young》，再從席琳·迪翁的《Beauty And The

Beast》聽到水果姐的《Witness》。雖然英語能力欠佳，但這不妨礙我聽英文歌，只要旋律好，管他唱什麼？可是……今天愣是不一樣，我彷彿都聽懂那些"外星語"。

這提醒我不久前發生的事，我立刻上網查"Dream on"的字義，原來有"做夢去吧！"的意思。

對照我和賣菜大嬸兒子的對話，這句英語算是用對了，但我怎麼會使用連自己都不懂含義的語言呢？

" 圓圓！" 有人喊我。

" 誰？" 我問，拔下耳機。

貌似房間裏除了我，沒別人。

我重新戴上耳機，正當聽得入神，亞瑟小子的《My Way》突然卡了。我拿出手機查看，沒問題呀！我還用力拍打小米的屁股兩下。

" 圓圓！"

" 誰？" 我問，拔下耳機。

房間裏依舊只有我一人。

我氣炸了，跳下床，打開房門向外喊：" 都說了不吃，你們就別再喊我的名字，煩不煩？"

〜

隔天，我走出房間，奶奶喊我吃早餐。

" 不吃，媽說我有種就別吃。"

" 什麼時候妳媽這麼說過？她一大早出門就爲了買皮皮蝦，打算中午給妳帶飯吃。"

想到讓人大流口水的椒鹽皮皮蝦，我頓時原諒母親的下作行爲（不問我一聲就賤賣我的個人財產）。

「那好吧！既然媽知錯，我也不好爲難她。」說完，我坐下來大快朵頤。

也許因爲前陣子生病，導致胃口下降，現如今身體已經恢復健康，我的好胃口又回來了，惹得奶奶眉開眼笑，她說這才是圓圓！

我也這麼認爲。

於是步出家門後我重新開啟狂吃模式，不僅流連在小賣部和流動攤販之間，還把母親的愛心便當吃光光（即使校狗流露出乞求的眼光，我狠心一粒米都不留給它），以致上床後我挺著小肚子難受死了。

「真是自作孽不可活呀！」我唉聲嘆氣地說。

第十四章/白色煙霧

拜大病一場之賜，我從190斤減到168斤，短短不到三天，我又吃回來，從168斤漲到174斤，以這個速度，我很快又會重回巔峰。

" 金圓圓，妳好像又胖了。" 我走出校門，體育委員潘安趕上我。

" 沒胖，你什麼時候眼瞎了？" 我邊走邊答，同時思考該光顧哪個攤位？是牛雜粿條還是缽缽雞？

" 我一直想問金佳人私底下是怎樣的人，她像外表一樣高傲嗎？"

聽潘公子問起我逝去的姐姐，我瞬間沒了胃口。

" 不，她很平易近人，高傲是她的保護傘。" 我答。

" 這下子我放心了。"

我問他什麼意思？

" 班花仙逝，咱們班總不能沒班花，所以我們男生一致投票給郭若穎，她雖然比不上金佳人，但聊勝於無。鑑於世事無常，我打算追求她，聽妳說金佳人沒像外表一樣難搞，這給我十足的勇氣。"

郭若穎？她也配當班花？除了眼睛大點兒、皮膚白點兒、身材好點兒，其他真沒什麼。

潘安沒好氣地說要嘛我也眼睛大點兒、皮膚白點兒、身材好點兒，否則就閉嘴，乖乖到角落當一隻安靜的豬……

聽到有人罵我豬，我怒火攻心，馬上賞給他一個耳括子。

"金圓圓，"他捂著臉頰，"我告訴妳，妳這輩子就別想瘦下來，活該只能當土肥圓，連四班的班草都說妳噁心。"

我們三班班草的長相勉強只能說及格，但四班的不一樣，他長得和寶驍同款，都有大白牙和靦腆的笑容，很招女生喜歡，當然也包括我。

"他……他說我噁心？"

"沒錯，他說妳像飽食終日的大猩猩，好大一坨。"

他……他怎麼可以用這麼狠毒的話形容我？

我太傷心了，紅著眼跑回家，既沒吃牛雜粿條，也沒吃缽缽雞。

"圓圓回來了。"奶奶坐在門口搖著蒲扇說。

我"嗯"了一聲，算是回答。

"冰箱裏有綠豆湯，"爺爺接著開口，他就坐在奶奶身旁修傘，"妳吃點兒，馬上開飯了。"

"吃吃吃，都是你們，把我餵成這麼大隻！"說完，我悶不吭聲地回房。

心情不好，我決定把數學作業拿出來"死馬當活馬醫"，好證明這世上除了胖瘦問題，還有比那個更深刻且重要的東西值得我關注。

正當我被三角函數搞得七葷八素時，忽聞有人喊我的名。

"誰？"我問，拔下耳機。

當發現房間裏又只有我一人，我氣炸了，走出房門要說法，然而……

爺爺奶奶坐在大門口納涼，背影看起來很溫馨。我走向廚房，母親正在灶前忙碌。

"馬上吃飯了，有妳愛吃的魚。"媽說。

我問爸哪裏去了？

"他幫市場做垃圾分類，每天能有八十元收入，不無小補。"

這麼說他們四人都有"不在場證明"，那麼到底是誰喚我？

我莫名其妙地回房，剛把門關上，一轉身，嚇得我汗毛直立。

"妳……妳……妳……"我連吞好幾口口水，"妳是人……還是鬼？"

金佳人坐在我的椅子上，身上的白襯衫好白，透亮透亮的。

她示意我戴上耳機，我照做。

"圓圓，我是佳人，妳忘了？"

"我沒忘，但……妳怎麼在這裏？難道……妳沒死？"

"我死了。"

聽到死訊，我嚇得腿軟，轉身想跑，門卻鎖住了，怎麼也開不了。

「圓圓，別怕，我不會害妳……」

「還說？我嚇死了，拜託饒我一命！」我邊答邊又去轉門把，一樣打不開。

「我以爲妳想念我，看來我太自作多情了。那好，我走了，不再打擾妳。」

聽到姐姐要離開，我暮然轉身，大喊：「別走！」

那逝去一半的白色煙霧刹那間又重新聚集，我再度看到金佳人，她依然貌美，只是不太清晰，像打在牆面上的投影片。

「妳過來，我們談談。」她說。

我順從地走過去。

第十五章/姐姐的心願

金佳人說那天她其實已經穿好制服準備上學，但母親的狀態不好，嘴巴唸唸有詞，她怕出事，所以選擇在家陪伴。一切都相安無事，直到中午吃過飯後才有了變化，起因是她怕母親擦窗戶有危險，主動代勞，沒想到悲劇發生了。

"妳沒站穩，所以跌下去？"我問。

"不是，母親推我下去，我抓住窗戶自救，沒想到那東西太不牢固，連同我一起往下墜，後來才知道母親隨後也跟着跳樓。"

"爲什麼？"我太驚訝了。

金佳人說也許她母親精神病發作，或者早有自盡念頭，但不願留她一人在世間受苦，所以將她帶上黃泉路。

"可憐的姐姐......"我喃喃道，"妳母親人呢？"

她答不知道，我不相信。

"告訴妳，人剛死時會有意識，我能感覺溫暖的陽光和四周圍向我們聚集而來的人群，連吵雜的聲音也聽得清楚，但這個過程很短暫，很快便時空一換，我和母親來到一條幽靜的小路，兩旁開滿了鮮花，我的心情愉悅，對周遭的一切感到好奇，但母親不一樣，她很著急，撇下我往前方亮光處奔去。我喊她，她不理我，最後消失在盡頭，所以妳問我她在哪裏？我真不知道。”

“既然已經……死了，爲什麼妳還在這裏？”我接著問。

她答她也不清楚，母親不見了之後，她聽到**Park Bin**喊她，她轉過頭去，人彷彿坐上磁浮列車，等她再有意識，人已經在我房間內，一個穿著奇怪衣服的人拿著刀劍砍她，嘴巴說著莫名其妙的話，她只好躲進鏡子裏，因爲那是另一個空間……

信息量太大，我得一一捋清。

“誰是**Park Bin?**”我問。

“他是油菜花田裏的男生，中文名‘樸彬’，和我同一個國際學校。”

“鏡子被我母親賣掉後，這幾天妳在哪裏？”

“在妳的化妝鏡裏，我可以從一個鏡子穿越到另一個鏡子，但如果方圓兩米內皆没有鏡子，那麼我便無法出現在妳面前。”

她不說，我真忘了抽屜裏還有個巴掌大的化妝鏡，雖然我不曾化妝過。

“妳有超能力嗎？譬如預知彩票中獎號碼或者像超人一樣飛來飛去救人。”

“一些小伎倆會，其他能力我還在摸索中，但有一點是肯定的，除非有個媒介，譬如耳機，否則我無法讓妳聽到我的聲音。”

原來如此！

“扣、扣、”

聽到敲門聲，金佳人化爲一縷白煙回到我的抽屜內。

我走過去開門。

“幹嘛鎖門？吃飯了。”母親說。

今天飯桌上有糖醋魚、蒜香排骨、豌豆蝦仁、蕃茄炒蛋、粉絲蘿蔔煲等，都是我愛吃的，然而我膽顫心驚、食不知味，因爲金佳人就站在邊上看我吃。

“圓圓呀！這蒜香排骨很入味，妳吃吃看，香得很！”爸說。

我答好，然後把筷子伸向最大的那一根，當看到金佳人對我搖頭，我自覺地把大的那一根放下，改拿小的。

“妳不是喜歡把糖醋魚的醬汁淋在米飯上，每次都可以吃上好幾碗嗎？來，爺爺幫妳……”

看見金佳人又搖頭，我趕緊把碗拿開，說今天不想吃糖醋飯。

整個用餐過程都是類似情況，讓人好不痛苦。

“圓圓，妳怎麼只吃一碗飯而已？我再幫妳添。”奶奶伸手過來。

“不用了，我腸胃不好，吃不下，你們慢用。”說完，我起身回房。

面對眼前“人”，我有陌生的感覺，是時候重新認識。

“妳需要吃東西嗎？”我戴上耳機問。

金佳人答她不會肚餓口渴，也不會有冷熱感，更不需要睡眠。

我酸溜溜地說還不止此，她不用寫功課，也沒有升學壓力，更不用爲五斗米折腰，簡直太爽了！

"可是人生少了這些煩惱會很無聊，好比我，每天從這個鏡子穿越到另一個鏡子，除了妳，沒人知道我的存在，像個遊魂似的。"

我問她是不是打算就這麼千千萬萬年遊蕩下去？

"才不呢！只要完成心願我就回去，雖然我還不知道如何回去。"

這真是一件奇怪得不得了的事，金佳人的"回去"指的是回到陰間，可是她明明已經死了，難道再死一次？

我雖有疑問，但畢竟這是許久以後的事，可以緩緩再說，眼前我有更重要的事要問。

"妳想完成什麼心願？"我問。

"當我走在黃泉道上時，聽到樸彬喊我，想必他不願我走，所以我想完成夙願再離開。"

金佳人曾經提到她想對油菜花田裏的男生說："**An nyeong**，**oba.**"

"這還不簡單，妳可以從我的化妝鏡穿越到他的……鏡子，然後開口對他說。"

"我試過，但他看不見我，也聽不見我說話，即使通過耳機也沒用。"

我也發現了，剛才吃晚飯時我家人就對"鬼魂"視若無睹，莫非我有通靈的本領？

她表示回答不了我這個問題，因爲她也是頭一回當鬼，菜鳥一隻。

“那現在怎麼辦？樸彬看不見妳，也聽不到妳的聲音。”

“圓圓，現在只有妳能幫我。”

“我？”

按照姐姐的計劃，由我來道早安。

“如此一來就沒有意義了，不是嗎？”我提出質疑。

“只要樸彬以爲是我親口對他說就行了。”

等等，這是什麼意思？我們可是截然不同的兩個個體，除了身高差不多外，長相和身材可是相差十萬八千里。

金佳人解釋只要我瘦下來，再經過一些“小伎倆”，她相信樸彬分辨不出真假。

“然後呢？”我問。

“然後妳該幹嘛去幹嘛，我也會徹底消失。”

想到我得瘦成體重不過百，加上出國一趟所費不貲，真想打退堂鼓，但是……

“好，爲了完成姐姐的心願，我兩肋插刀，在所不辭。”我答。

第十六章／金絲楠木

減肥就是要"管住嘴、邁開腿"，其中的苦只有自己知道。

"不，不行了。"我停下來大喘氣。

"萬事起頭難，妳一定可以的，加油！"金佳人在旁爲我打氣。

自從接觸靈異世界後，我的認知出現很大的衝擊，譬如我以爲鬼只會在晚上出沒，太陽一出來就會消失；又譬如鬼都面容猙獰，到處嚇人……等，結果恰恰相反。

"我看妳乾脆使出一些'小伎倆'讓我變瘦比較快，這樣一百公克一百公克的減要減到什麼時候？"說完，我直接坐在地上休息。

"鬼也不是無所不能的好嗎？如果真是那樣，我會將時光永遠定格在我爸的小四還未出現前，當時我們一家和樂，母親也沒發瘋，吧吧啦……吧吧啦……"

"好啦！知道了，我跑就是。"我緩慢爬起，嘆了一口氣後，繼續跑步。

經過一個暑假的魔鬼體能訓練，加上遵循金佳人的節食方法，效果非常驚人，我的體重下降到130斤，臉也瘦了，成了"中號"美女，以致開學日很多人都認不出我來，還以爲班上來了個轉學生，等知道我是以前那個"最具份量"的金圓圓後，無不嚇得目瞪口呆。

"妳是不是受了什麼刺激？"體育委員潘安走過來，"一下子瘦這麼多，妳讓艾美麗怎麼活？"

艾美麗是高二學妹，本來只比我胖一點點兒，現在已經相距遙遠。

"她也可以減呀！"我笑嘻嘻地答。

"回答我，"他壓低聲音，"妳是不是上了手術台？聽說有一種縮胃手術，再不濟，還可以抽脂。"

"若真是那樣，我直接瘦成一道閃電豈不更好？還有，動手術需要錢，我家有嗎？"

這是實話，我媽還在賣包子，我爸還在做垃圾分類，住房一樣破舊，若有閒錢，第一件事就是改善生活，而不是動手術變瘦。

"妳別誤會，我沒惡意，只是換個方式讚美妳，妳這樣……很好看。"說完，他走回自己的位子，因爲歷史老師已經踏進教室。

這不是瘦下來後頭一回被男生讚美，前幾天賣菜大嬸的兒子也這麼說過（前因是我媽又讓我外送包子，推了幾次沒推掉，只好硬著頭皮前往）。

面對別人的善意，我不好意思擺臭臉，推說自己以前太胖，所以瘦下來顯目，其實離苗條還有一段距離。

“不，這樣剛好，再瘦就不好了。”他答，色咪咪的眼神讓我全身起雞皮疙瘩。

“別聽我兒子的，”賣菜大嬸插話，“還是從前好看，這樣乾乾瘦瘦的，不容易生養……”

我的老天！講到哪裏去了？

“包子送到，我回去了。”我打退堂鼓。

“等等，”那個矮個子抓了好幾把青菜放進塑料袋裏遞給我，“送給妳……媽。”

“我不要。”

“又不是送給妳，是送妳媽。”

我看了一眼賣菜大嬸，她也要我拿著。

“那好，就當抵包子的費用吧！”說完，我拿菜走人。

眾人把眼光放在我的胖瘦上，殊不知我還有個壓箱法寶未祭出，好不容易等到第一次期中考結束，我終於有機會拿出來獻寶。

“今天我要特別表揚金圓圓，這次的期中考她考了全班第二，英語成績尤爲出色，達到135分，大家給她嘉獎一下。”班主任率先鼓掌。

在掌聲中，我幾乎要熱淚盈眶，這就是勤學苦讀的結果，也只有我的“家教老師”知道我有多努力。

沒錯，金佳人化身爲我的私教，除了中國語文她無法輔導外，其他都囊括了。說是私教，其實更像監督管理員，由她看著我學習，稍一懈怠她便講鬼故事給我聽（還是特別恐怖的那一種），我被她折磨得人不人、鬼不鬼。

長期壓抑下，我不免也有心煩氣躁的時候，說話當然就沒那麼中聽了。

「妳不需要睡覺，我需要，還有，妳也不是每道題都會，憑什麼要求我？」我咆哮。

「憑妳答應幫我、憑妳需要提升自己、憑妳是大活人，而我已經死了。」

看姐姐淚眼婆娑，我驟然心軟。

「好啦！我唸書就是，妳別哭了。」我說。

就這麼廢寢忘食、孜孜不倦地學習，我從學渣硬生生逆襲成學霸，不僅同學們傻眼，連我爸媽也懷疑。

「圓圓呀！這成績是不是有誤？」爸問，用力眨一下雙眼。

「沒錯，是我的，全班第二，全校第九。」

我爸一時語塞。

他不說話，不代表母親也沒意見。

「圓圓，我們金家向來清清白白，從不做偷雞摸狗的事。」她說。

我答我既沒偷雞也沒摸狗，這成績是我努力得來的，不信可以讓我重考一次。

看我一副大無畏的樣子，父母也懵了，最後勉強接受一直吊車尾的女兒“好像”開竅的事實。

「既然這樣，」父親看了母親一眼，「只要能考上好學校，我們會供妳，哪怕北上廣深。」

我問他們要怎麼供？離家近的山大威海分校還可以衝一衝，北大清華就別想了，即使考得上也讀不起。

「圓圓，」父親看了母親第二眼，「上禮拜有人出三百萬買
這個宅子，價格很美麗，但我們捨不得，畢竟……現在妳的
成績突飛猛進，是時候做出取捨。」

三百萬？就這麼個破爛房子？我問那人是否眼瞎了？

父親答買方是北京來的大老闆，經人介紹上門，話不多，前
後看不到幾分鐘就給了一口價。

「那還等什麼？連我房間內的衣櫃也可相贈，」看到金佳人
對我搖頭擺手，很著急的樣子，我改口，「先等一等，我的
成績才好轉不久，說不準哪天又往下掉，你們先別賣，等我
站穩了再做決定。」

～

回到房間，金佳人忙不迭告訴我那個北京老闆在糊弄人，千
萬別上當！

「 我倒覺得三百萬挺好的，這個價錢可以買別墅區的二
手別墅了。」

我的姐姐問我是不是忘了她說過的話？金絲楠木的價格比金
子還貴，可別賤賣了。

「 我沒忘，只是很難相信木頭會貴上天。」

「哎！窮人就是有窮人思維才會一直窮下去，妳既然那麼想
活在社會底層，我不攔妳！」說完，她化爲一縷白煙回到
我的抽屜。

金佳人很少對我生氣，一旦生起氣來，代表事情大條，
我得正視。

於是我坐下來查資料，這一查，嚇得我張口結舌，好半
天回不了神。

第十七章/老房賣了

網上說金絲楠木是中國特有的珍貴木材，普遍呈淺黃色，陽光下會折射出絲絲金光，因而得名，具有色香、紋理豐富多變、耐腐、耐蟲、不易變形等特點，是古代皇家及富豪之家青睞的建築及傢俱用材料……

說這些其實很虛，我需要的是實例，果然一搜還真被我搜到。

【湖北恩施半山腰有一座約130平米的祖屋，屋主不知其價值，直到遇上拆遷，有人瞧出這屋全是上好的金絲楠木建成。流言傳開後，隨即有人出價十億元，但屋主沒賣，而是捐給了國家。】

130平米，十億？

想到我家的地雖有一百多平米，但屋子不大，大概也就七、八十，饒是這樣，也夠可以的了，但首先得確認我家的老屋建材也是金絲楠木才成。

按照網上的鑑別方法，我分別聞了牆壁、地板、甚至衣櫃，味道雖不盡相同，但有香味是肯定的；再看紋理，據說越規整，價值越高，可惜我看不出好壞，無從判斷起。

"看來真的得請專業人士估價。"我心想。

～

爸媽一聽說老房子值錢，愣住了。

"不會吧？這麼個破爛房子……"母親喃喃道。

父親倒是比母親理智多了，他認爲我說的不無道理，房屋都百年了，可是從來沒有被白蟻啃噬過，還有，屋裏總有一縷淡淡的幽香。 他相信木頭絕對是好木頭，至於有沒有那麼值錢……還真不好說。

我提議找個專業人士鑑定。

"到哪兒找？"父親問。

我想了想，那個北京老闆一定心裏有數，遂跟父親要了名片。

～

北京老闆有很多頭銜，其中一項是古董鑑定委員會專家，他一聽說我是屋主女兒，問我是否有權處置房屋？

"房產是父母的，他們才有權簽字，我打來是想告訴你—你低估了房屋的價值。"

"低估？那麼破舊的房子能賣三百萬已經很好了，何況我買來是爲了推倒重建。"

"推倒重建？太可惜了，竟然將金絲楠木棄之如敝屜。"

北京老闆沉默一會兒後，說他馬上飛來威海。

父親怕爺爺奶奶礙事，把他們趕到公園散步，叮囑吃完晚飯再回家，然後我們仨和客人坐在客廳裏談話，連客廳裏的傢俱也散發出清香。

"劉先生，"我首先發言，"我們打開天窗說亮話，這一整屋的金絲楠木絕對不止三百萬，當我聽到這個報價，很是吃驚。"

"的確不止三百萬，但這是我能給的最大限度。"他答。

"那你還來做什麼？"

"我來是爲了告訴你們'二鳥在林不如一鳥在手'，同時爲了表示誠意，我再追加兩百萬，這個價已經到頭了。"

我看見母親拉了一下父親的衣袖，父親則一臉茫然地望向我。哎！看來我們金家只能靠我了。

"這個價我們沒法兒談，"我起身，"您請回吧！"

"坐下坐下，"客人示意我坐下，彷彿他才是主人，"年輕人這麼心浮氣躁怎麼可以？"

於是我又坐了下來。

等爺爺奶奶回家，價格已經飆到九千萬，母親說她心臟不好，父親陪她回房躺下。

"這樣吧！天也黑了，您早點兒休息，這事再聊。"我下逐客令。

"九千萬還不賣？小姑娘我告訴妳，過了這個村沒這個店。"

"一個下午你已經好心提醒過我多次，能不能換個說法？我累了，您請回吧！"

他停頓一會兒後，答：" 我就住在不遠的金海灣酒店，明天再過來。"

~

" 他肯定還留一手。" 金佳人說。

" 絕對的。" 我答。

我的姐姐思考一會兒後，問我北京老闆住哪裏？

" 金海灣酒店。"

" 妳等我一會兒。"

這一等等好久，我把屈原的《離騷》和曹操的《短歌行》都背完，連地理課本上的水土流失知識點也整理完畢，姐姐還沒回來，我只好又把數學題拿出來做，當做到第五題時，她終於回來了。

" Guess what ？劉老闆的上面還有老闆，他們願意出價到三億，若不行，撤了！"

我想了想，覺得可以再等等，應該還會有更高的出價。

金佳人不苟同，她認爲見好就收，小心被"和諧"了（譬如捐給國家什麼的）。

想到我那對既好說話又心思單純的父母，他倆的確很容易被洗腦，這事得快刀斬亂麻才行。

~

我再三提醒父母等我回來再做決定，然而計劃永遠趕不上變化，我上完課回到家，看見父母喜上眉梢，知道有事不對勁，忙問喜從何來？

「圓圓，告訴妳一個天大的好消息，我們金家就要翻身了。兩億，天哪！打死我也不敢相信老祖宗給了我們兩億的遺產。」

完了！我跌坐在椅子上。

「是呀是呀！」母親接棒，「真是謝天謝地，總算老天有眼，窮了那麼久，終於也有出頭之日。」

我弱弱地問是否簽字了？

父親點頭，他說對方帶了律師和公證處的公證員前來，這事跑不了了。

聽到生米已經煮成熟飯，我的心跌落至谷底，「哀莫大於心死」大概就是這種感覺。

「爺爺奶奶知道嗎？」我問。

「年紀大的人受不了刺激，我們只說房子賣了五百萬，他們說挺好的。」媽答。

「這方面你們倒很細心，怎麼到了緊要關頭卻犯迷糊？」

母親問我什麼意思？

「沒什麼，」我哀嘆一聲，「我回房寫功課，吃飯再叫我。」

第十八章/暴發戶

我們金家都是老實巴交又低調得不得了的人，所以雖然房子賣了兩億，但除了到五星級酒店吃了一頓海鮮自助餐（每人158元，吃完還一致認爲没有大排檔的好吃）外，母親照樣賣包子，父親照樣到農貿市場幫忙做垃圾分類，奶奶照樣搖著蒲扇在門口納涼，爺爺照樣在修他的破傘，我則照樣清晨五點起床跑步。

" 你們家好像很風平浪靜，跟從前没什麼兩樣。"金佳人說。

其實還是有所不同，譬如合同內註明三個月內騰房，我父母已經在看房了，目標是面海大別墅，價格在一千萬元上下；再譬如我每天的零花錢已經飆至五百元，這也是我的衣櫃裏裝滿新衣的原因。

金佳人答這樣也好，低調做人，省得惹來不必要的麻煩。

然而我們還是太低估流言的力量，半個月後的某一天，地方新聞突然冒出這麼一則消息，直指威海高區農貿市場旁賣雞蛋灌餅一家突發好運，以五億元的高價賣出祖屋，一時議論紛紛。

我本來想著還好記者沒核實，我們金家得以逃過一劫，沒成想吃瓜群眾的火眼金睛還是發現農貿市場旁沒有賣雞蛋灌餅的攤位，倒是圓圓包子舖剛賣掉老房不久，成交價兩億……

消息一出，母親立馬關了包子舖，全家躲在屋子裏大氣不敢吭一聲。

這樣夾著尾巴過了數日，直到發現門口站著幾名流裏流氣的不良少年，我們才發現茲事體大。

"再這麼下去，我們全家都要遭殃。"我憂心忡忡地說。

媽反問我能怎麼辦？即使搬到有保安駐紮的別墅也難保安全，畢竟我們已經成爲名人，一動一靜很醒目（至少目前是）。

"要不，我們到國外躲一陣子？"我提議。

此時國慶假期剛過沒多久，眼下根本沒有長假可放，難怪母親不同意，因爲我的高考重要。

也對，我怎麼忘了這麼重要的事？

"讓我想想，想到再跟你們說。"我答。

金佳人問我有什麼心事？我把自己的煩惱告訴她。

"怎麼不早說？這個很容易解決。"

按照她的說法，她就是我家的守護神，只要房屋內外的鏡子夠多，她有辦法對付不懷好意的歹徒。

"看來妳的'小伎倆'增加不少。"我說。

"那肯定的，每天無所事事，唯一的嗜好便是挑戰自己的極限，但還是那句話—我不是無所不能。"

〜

家人接受我的意見，我們搬到有二十四小時安保的別墅區，面朝大海，帶精裝修及傢俱，省去不少繁雜瑣事，只是他們不明白爲什麼屋內屋外都被我擺滿鏡子。

"這房子向陰，有鏡子光亮些。"我解釋。

母親覺得不妥，把一些不利風水的鏡子全給撤了，我只好又買來大大小小的化妝鏡，像置放蟑螂屋一樣，每個角落都有。

家人不知我是爲了他們的安全著想，背對著我丟了好幾次，我因此買得更兇，他們只好作罷，轉而和一屋子的鏡子和平共處。

〜

爆富之後，爺爺奶奶適應得很好，只是換個地方納涼及……修傘；爸媽就慘了，無事可做成了夢魘一場。

"媽，今天的湯没煮出味道來。"晚餐桌上，我說。

"湊和著吃吧！我没心思做飯。"

我問怎麼了？

爸代答："妳媽得了閒病，做完家務就只能看電視和報紙，我也是。原來有錢就那麼回事，太無聊了。"

這倒是實話，很多人以爲有錢之後會有天壤之別，其實生活的本質没變，一樣的坑坑巴巴，只是少了某些恐懼（畢竟有些問題還是可以拿錢解決）。

既然父母閒得慌，我建議他們再賣包子，咱家的圓圓包子在威海也算小有名氣。

原來爸媽也想過，但害怕流言蜚語，說到底，億萬富翁賣包子讓人挺酸的。

"那麼在網上賣得了，有人下訂單再製作，快遞小哥會上門收貨，方便得很！"

母親一聽，兩眼發亮，要我再講仔細點兒。

就這樣，我家的圓圓包子舖又重新開張，只是轉爲線上銷售。

看父母又展歡顏，每天忙得活力四射，我也感到欣喜。

我的成績仍然保持在全班前五名，老師說以這個水平，三本應該可以保底。

"妳想到哪裏讀大學？"金佳人問我。

"還没想過，到時成績出來再做決定。"

然而我的姐姐比我早先一步未雨綢繆，她認爲我應該到國外學習，順便開闊一下眼界。

"那多累人，金窩銀窩不如自己的狗窩。"

"金圓圓，妳就是這樣不思進取，難怪……"她突然住嘴。

我問難怪怎樣？

她躊躇一會兒後，告訴我班上同學認爲我的變化只是海市蜃樓，最後依然會像他們一樣，唸完雞肋大學、找個雞肋配偶、生下雞肋小孩，然後在威海這個雞肋城市了此一生。

聽完，我暴跳如雷，太瞧不起人了，我家可是身價兩億的暴發戶！

金佳人說那麼做點兒暴發戶會做的事。

“該怎麼做？”我不恥下問。

“我認爲妳應該到首爾留學，第一志願：慶熙大學。”
她答。

第十九章/留學韓國

"慶熙大學？有點兒印象……等等，這不是妳父親的母校？"我問。

金佳人尷尬地解釋這是兩碼子事，她推薦這個學校是因爲它是所好大學，如此而已。

雖然經過同學的語言刺激，我已不排斥到國外開闊眼界，但韓國在我眼裏不過是個小國，歷代還得向我天朝納貢，哪有反過來向他們學習的道理？再怎麼說也得選那些先進的國家做爲留學對象，不是嗎？

金佳人答此言差矣，歐美國家有它們的強項，但小國也有可取之處，譬如小語種競爭小，找工作相對容易，回國起碼能教教韓語。

"什麼？！還得學韓語？"我揚起聲，"殺了我吧！我連學了十幾年的英語都說不好。"

姐姐要我別擔心，和其他語言比起來，韓語好學多了，原因如下：

· · · ·

1、韓語是很單純的表音文字，讀寫一致。

2、漢字詞和外來詞的佔比超過**70%**，譬如韓語的蛋糕 케이크 和英文蛋糕 **cake** 的讀音很像（只是有些怪聲怪調）；而韓語的帽子 모자 和中文發音 **maozi** 一模一樣。

3、韓語入門語法相對簡單，真正難的地方主要在敬語、非敬語、間接引語以及助詞的使用。

我同意聽起來不難，但我爲什麼要大費周章？想來想去，還是留學英美比較好。

" 圓圓，實話告訴妳，我想念家鄉了，妳就不能爲我著想一下？"

原來是這個原因。

我要她放心，等暑假來到，我會上韓國旅遊，順便找到她的白馬王子，了了她的心願。

" 不是這樣的，" 她有些困窘，" 前幾天我發現樸彬打算上慶熙大學，他就要成爲大學生，而我連高中都沒畢業，也許……哪怕一天也好。"

本來姐姐的心願只是向心怡的男孩道早安，現在又多出一樣。

看我面有難色，金佳人表示如果我不願意，她不勉強，畢竟我有我的人生要過。

" 不是不願意，而是不明白，既然妳可以從這個鏡子穿越到另一個鏡子，那麼到世界上任何一所大學旁聽都易如反掌，何需有我？"

我的姐姐解釋她想以實體方式融入，而不是像孤魂野鬼一樣到處流竄。

" 什……什麼意思？" 我打著哆嗦問。

“妳別怕，不過是最近學到的小伎倆之一，只要天時地利人和，我可以使用……妳的軀體。”

“什麼天時地利人和？還有，妳若使用我的軀體，我呢？我上哪兒去？”

她答我會待在鏡子裏，而且只能停留在一個鏡子裏，無法穿越，畢竟凡人和鬼魂的功力還是有差別。

我細思極恐，萬一換不回來，我豈不是永遠待在某個鏡子裏無法動彈？

金佳人要我放心，鐵定能換回來，我們可是互許“吉凶相救、福禍相依、患難相扶”的結拜姐妹呀！她絕對不會坑我，若不信，現在就可試試。

“不，不用試，我相信妳。”我很快地答。

說是相信姐姐，其實內心還是有疙瘩，還好接下來幾天一切如常，我是說她還像往常一樣對我關懷備至，同時擔任最嚴厲的監督者角色，這讓我多少不那麼害怕了。

聽說人是習慣性動物，一旦形成習慣，往往不會再去思考和改變，我也是，接受了姐姐的陪伴和照顧後，生活中已經不能沒有她，所以雖然她曾經提出“無理”要求，現在看來也不是那麼難以接受，我甚至慶幸因爲姐姐想上大學，所以推我一把，否則以我的懶惰個性，恐怕後繼無力，早早舉了白旗。

就在金佳人的鞭策下，半年後我終於迎來還算滿意的高考成績——605分。

父母認爲我可以試試山東大學威海分校，能上最好，離家近，凡事有個照應；若上不了，我也有很多其他選擇。

“我……我想上韓國讀大學。”我囁囁地答。

他們一聽說我想飛到一海之隔的韓國上大學，驚到不行。

“咳、咳、”父親咳嗽兩聲，“圓圓呀！妳想當留學生，我們不反對，但爲什麼是韓國？現在錢已經不是問題，妳怎麼不選英國或美國？”

我就知道他們會有此疑問，心中已經備好答案。

“我打算學好韓語，然後開個貿易公司，專門進口韓國的小商品到中國賣。”

威海有“小南韓”之稱，在這裏聚集了很多韓國企業，舉凡化妝品、服裝、餐廳……等，遍地開花，我的說法顯然不具說服力，以致我必須再三強調是“整個中國”，非單指威海這個小城市。

母親有話要說，被父親阻止了，他說既然這樣，他……們不反對，萬貫家財就是爲了讓我無後顧之憂，即使嘗試失敗，大不了回家，總有一口熱飯留給我吃。

“謝謝！太謝謝了。”我感動得無以復加。

有了家人支持，我一頭栽進準備出國留學的繁雜瑣事中，這包括在預科開課前得減到金佳人“過去”的體重—98斤。

之所以說“過去”是因爲她目前沒有體重，如果站在磅秤上，指針依舊指向零。說白了，她像一縷煙，又像投影在平面上的影像。

有一次我忍不住問她是否能穿透我的身體（或者我能否穿透她）？

她答可以，但我們彼此都會不舒服，所以還是保持距離爲佳。

“難怪姐姐要藉用我的軀體，她連接個吻都做不到。”我心想。

第二十章/兩敗俱傷

金佳人的身高和我差不多，都是165公分，拿國際標準體重來說便是120斤，亞洲女人瘦點兒，104斤差不多，偏偏金佳人不僅體重不過百，身材還凹凸有致，凸的地方很可觀，凹的地方堪比吐魯番窪地，這可苦死我了。

" 不跑了，" 我停下腳步，" 爲什麼我非得98斤？誰規定妳18歲的體重得跟16歲一模一樣？"

" 因爲樸彬印像中的我是那個樣子，我不希望他看到不一樣的我。"

" 不對，肯定不一樣，好比我的鼻頭有顆痣，妳的没有。"

" 這個靠點兒小伎倆就能搞定。"

也就是說樸彬眼中看到的就是金佳人本人，而非一個"長得像她"的人。

我又細思極恐。

姐姐要我別擔心，打完招呼又嘗試過大學生活，她會退下，把舞台還給我。

其實我的擔憂不止此。

"妳不覺得殘忍嗎？撩完樸彬就消失，他會怎麼想？"我問。

"當然是想著我啦！"她笑了，"我就是要他心裏始終有我，即使以後結婚生子，我仍然像個烙印，深深烙在他的心口上。"

顯然姐姐樂觀地以為樸彬曾對她心動過，所以只要得到一個微笑、一句招呼便是恆久，從此心心念念，像身上的朱砂痣，去也去不掉，但如果事與願違呢？

"如果他……"

我光顧著講話，忘了這是大馬路，陸續已有趨早的人出現。

"圓圓呀！妳怎麼……好像在跟人說話?"賣菜大嬸問。

"沒……沒有呀！"我答，心跳得好快。

"我也看到了，妳在自言自語。"賣菜大嬸的兒子落井下石。

我解釋他們看錯了，自己不過是跑步累了，唱一下**Rap**而已（當下還說唱兩句），然後找個藉口快步離開。

"嚇死我了，"我邊跑邊想，"下次得留意別出亂子，省得被誤會是瘋子。"

～

"美女，空氣燙需要放兩次藥水，時間會比較久，我讓小弟再拿一些飲料及點心過來。"托尼老師說。

"好的，謝謝！"

有些重點學校不允許女生留長髮，還好我們的菜場高中不限制（只規定不能燙髮及編髒辮）。趁著高考結束，我想燙個捲髮轉換一下心情，托尼老師說我是可愛型妹子，適合短髮空氣燙，但我捨不得剪短，所以依舊保持過肩的長度。

一切都進行得很順利，直到燙好正要吹乾時，金佳人出現了，很氣急敗壞的樣子。由於沒戴耳機，我聽不見她說什麼。

"怎樣？喜歡嗎？"托尼老師問。

"喜歡，太好看了。"

托尼老師幫我做的是大波浪造型，很飄逸靈動，我像女明星一樣漂亮。

付完一千兩百元，我走向樂天百貨購物，由於金佳人臭著臉又"陰魂不散"，我故意不戴耳機，急死她！

等我提著大包小包進門，母親一臉驚恐地告訴我家裏遭人打劫了。

"丟了什麼東西？有沒有人受傷？"我著急問。

"沒人受傷，只有妳的房間被打劫，妳趕緊去瞧瞧什麼東西不見了。"

我丟下手中物直奔二樓，天哪！這哪是我可愛的房間？簡直是浩劫後。瞧！我的化妝品和飾品全被掃到地上，椅子倒了，床上有不明液體。我接著打開衣櫃，除了白襯衫，衣服全被剪了，一件不留。

"什麼東西丟了？"母親問。

我答什麼東西都沒丟，這一房間的凌亂是……我造成的，因爲昨晚喝多了啤酒，發酒瘋……

母親憤而打我兩下，說早提醒我別喝，這下好了，住豬窩了吧！

如果我還像以前一樣胖，我真要以爲母親對我實施人身攻擊。

「知道了，以後不喝了，妳下樓吧！讓我打掃一下房間。」

母親走後，我戴上耳機，對著橫七豎八的景象喊：「出來吧！」

一縷白煙從抽屜裏冒出來，金佳人現身，一臉怒氣。

「我燙個髮，干卿何事？」我也來氣。

「我不想要樸彬以爲我是風塵女子。」

風塵女子？這說的可是我？

「聽著，妳想當天仙，没人阻攔妳；我想當風塵女子，妳也別擋我的道。」

「但是樸彬……」

「又來了，妳的小伎倆不是很厲害？金手指一指，要什麼髮型没有？」

「早告訴過妳—我不是無所不能。」

這真奇怪！她的小伎倆可以改變容貌卻改變不了髮型，這是哪門子道理？

姐姐說愛信不信！她也很懊惱，如果段數高一點兒，就不用事事求我了。

「現在怎麽辦？」我把椅子扶好坐下。

「妳去洗直。」

「剛燙好妳讓我洗直？很傷髮質的好嗎？」

「那麽……答應我上飛機前恢復原狀。」

除了點頭，我還能怎樣？

「就知道妳是我的好妹妹。」

說完，她走上前來給我一個擁抱，哪知我跳開來，椅子又倒了。

"媽的，"我驚叫，"金佳人妳做了什麼？我全身著火了似。"

哪知"始作俑者"不見踪影，我喊了兩聲，她才出來，一副狼狽樣。

"對不起，我忘了保持距離。"她答。

原來這就是人鬼接觸的結果—兩敗俱傷。

"算了，以後我們都各自小心。"我說。

第二十一章/顏質即正義

除了偶爾敗家，我還做了兩件大事，一件當然是申請入讀慶熙大學預科班，另一件則是考駕照，讓我先談談申請入學。

仲介建議我先在國內學好韓語，等三級通過再到韓國讀本科，這樣可以省下不少錢。

“不，我想到當地學，有那個環境，學習會更快更好。”我答。

拗不過我，仲介改口問我住校嗎？通過他預定有優惠。

“宿舍在校園內嗎？”

“不是，是外包，不過離學校很近，可煮飯，很方便。”

再問價格，每月竟然要**68**萬韓元（約四千元人民幣）。

“你是不是在坑我？”

“怎麼會？我不坑美女，”他滿臉笑意，“再一個小時我就下班了，我們找個地方吃飯，我會告訴妳如何租到更便宜的房。”

我直接給他軟釘子碰，並且走進同一棟樓的另一家留學仲介公司，那個短髮女子倒是很幹練的樣子，簡明扼要地告訴我所需的材料及費用，聽起來還算合理，我便簽了合同。

"妳的住宿問題解決了嗎？"她問。

我答還沒。

"那麼得快點兒下決定，慶熙大學的校內宿舍很緊張，一般是排不到，而且多是四人間；校外的宿舍有很多選擇，但參差不齊。"

想到我和鬼魂在一起，鐵定不能有室友，遂提出想要租單人套房、離校近、購物方便。

"我試試，不過價格會比較貴。"她說。

我答沒問題。

幾天後，短髮女子打電話告訴我預科班及宿舍皆辦妥，她已經發確認郵件給我，請查收。

一件以爲棘手的事就這麼解決了，感覺像在做夢似的。

再說考駕照的事，考試流程就不說了，我談談駕訓班教練。帶我的是一個二十多歲小伙子，對我非常和顏悅色，彷彿在和幼兒園小朋友說話，搞得我很不自在。

上完第一堂課，我對他說我已經18歲，他可以用大人的口吻跟我說話。

"我知道妳已經18歲，否則也無法考駕照，我……我想對妳說，妳是我教過的學員中最美的一個。"他紅了臉，"我今年29歲，剛買了房，我們可以處處看。"

我的媽呀！這也太快了吧？嚇得我不敢再去練車，緊急換了一家（白浪費了學費）。

"我終於知道'顏質即正義'的道理，現在走到哪裏都是綠燈通行。"我感嘆地說。

姐姐答也不全是，有些心態扭曲的人就會故意刁難俊男美女，還有，美貌是有期限的，加上更新快，大概春風得意一陣子後就得讓位，那種失落就像從天上掉入地獄，更甚的是若被討厭的人盯上就完了，甩都甩不掉。

我現在正處春風得意期，對於未來會有的負面情緒不是很了解，但被討厭的蒼蠅盯上可是感同深受，好比賣菜大嬸的兒子。

金佳人完全同意我說的，自從蒼蠅加入晨跑後，她沒辦法和我邊跑邊聊，討厭死了！

"妳怎麼不施展一下妳的小伎倆？"我問。

"也對，明天就施展，妳等著瞧！"

~

"圓圓，妳跑慢點兒，我快追不上妳。"

賣菜大嬸的兒子果然又粘了上來。

"當然得快，否則就達不到運動的目的。"

"妳已經夠瘦了，不用再減。"

"不行，我得瘦成紙片人，背後才不會有人說閒話。"

他問我誰那麼大膽？敢說他女朋友的閒話。

我一聽停下腳步，小矮子還差點兒追尾。

"你說誰是你女朋友？"

"妳……妳呀！"他大喘氣，"我們已經約會好幾天了。"

聽完，我差點兒吐血。

"少臉上貼金了，"我拭去汗水，"我們家的彩禮起碼要上千萬，你有嗎？"

他答現在沒有，但不表示以後不會有，給他幾年的時間打拼，他一定雙手奉上。

" 吹牛誰不會？但也得……"

我話還沒說完，一隻狼狗撲了上來，死死咬住那個剛吹完牛的人，我還能聽到喀呲一聲，大概骨頭碎了。

" 快！打120。" 他喊，哭得上氣不接下氣。

我趕緊掏出手機撥打，沒多久救護車哇嗚哇嗚地來到。車門關上前，那個淚流滿面的男人請求我通知他母親，我答應了。

當救護車駛離，我看見大狼狗追上去吠了幾聲，頗有耀武揚威的意味，這時我才注意到它的腳瘸了，帶著血跡。

回到家，母親正把炒雞蛋端上桌。

" 圓圓回來了，快坐下來吃早餐。" 爺爺說。

" 你們吃，我先洗個澡。"

等我洗完澡下來，發現桌上有肉粥及幾樣配菜，爸爸和爺爺正在看早間新聞，奶奶則在洗泡菜罈子（大概今天打算做泡菜）。

" 圓圓，趕緊坐下來吃，待會兒做包子我需要用到長桌。"母親催我。

" 媽，" 我坐了下來，" 今天跑步時我又遇到賣菜大嬸的兒子，他被大狼狗咬了，是我叫的救護車。"

" 被狗咬了？也不知有沒有狂犬病，還好狗沒咬妳，只咬他……"

還好狗沒咬我，只咬他……只咬他……只咬……

我扔下筷子離座。

" 圓圓，妳還沒吃呢！" 母親喊。

“不吃了。”我頭也不回地答。

第二十二章/踏上留學之路

回到房間，我喚了姐姐好幾聲，她才出現，一副大病初癒的樣子。

"妳怎麼了？"我問。

"不舒服。"

"妳是不是又和人類身體接觸了？"

"比那個更糟。"

想到賣菜大嬸兒子的慘狀，我問是不是她指使狼狗咬人？

"沒有，人是我咬的，我不知道狗的咬合力原來這麼大。"

等等，人是她咬的？怎麼我看成是狗咬的？

姐姐解釋她施展了一點兒小伎倆，借用了狗的軀體，只是沒想到重新做回自己會如此痛苦。

什麼？！她竟然變成了一條狗，我問是如何辦到的？

"這個……以後再說。"

她的眼神閃躲，顯然有事不對勁。

"妳現在就說，省得我猜。"

姐姐躊躇一會兒，還是告訴我答案，嚇得我全身打顫。

"妳爲了……讓摩托車撞上狗，這也太狠心了吧？"

"除了這個，我想不到別的，再說，我挑的是時速很慢的車子。"

原來借用軀體得見血，而且互換的時間不能多過五秒。

"再怎麼樣，這是故意傷害，妳怎麼可以……"

"我知道這件事做得不厚道，但我總得找個活體試驗，否則到時換不回來，妳豈不遭殃？再說，我已經把狗帶回來，就在後院裏。"

什麼？就這麼悶不吭聲地把狗帶回家，我家人看了豈不嚇死？

金佳人說狗的腳瘸了，需要動手術，禍是她闖的，但現在能救狗的只有我了。

"妳……哎！回頭再找妳。"說完，我下樓找狗。

母親問我這條大狼狗是怎麼回事？

"它被車撞了，我怕妳罵我，所以把它留在後院裏。"

"賣菜大嬸的兒子是不是它咬的？"

"不是不是，"我把頭搖得像撥浪鼓，"它很乖，不咬人。"

別看不久前它凶狠的樣子，現在卻很溫馴，何況還瘸了條腿，更加楚楚可憐。

“ 我讓妳爸帶它去看獸醫吧！流那麼多血，不疼死了？”

“ 謝謝媽！” 我上前擁抱，並給了她感激之吻。

回到屋內，我磨磨蹭蹭，就是不願上樓。奶奶問我要不要學醃泡菜？我點頭，於是整個上午都在忙活，空氣中有很重的魚露和蝦醬味道。

即使吃完午飯，我也不回房，反而走到後院探望已經動完手術的狗。

“ 爸，醫生怎麼說？”

“ 他說問題不大，半個月後就能行走自如。”

我又問爲什麼他在鋸木頭？

“ 給狗造個小木屋。” 爸答。

我父母都是文化程度很低的人，但他們都有一顆菩薩心腸，讓我很感動，我希望自己也能成爲那樣的人，而不是老疑神疑鬼。

“ 爸，世界上有沒有壞人？我是說看起來像好人，實際上是壞人。”

“ 當然有，但妳記住了，好人永遠比壞人多，所以不要爲了壞人弄糟心情，而要爲有好人心存感激。”

是呀！好人永遠比壞人多，尤其我不應該懷疑到姐姐身上，她也是爲了確保以後不會傷害到我才做的試驗，何況她還把受傷的狗帶回家……

想至此，我釋懷了。

韓國的預科班就是學習韓語的語學院，拿的是**D-4**語言研修簽證，一般只給三個月或者半年，到期再續簽。

等拿到簽證，也到了上飛機的時刻，我和家人都難掩離情依依。

"媽，我走了，還好有阿福，就當……就當是我陪在你們身邊。"我說。

阿福是我爸給大狼狗取的名字，它受傷的腳已經復原，每天活蹦亂跳的，給我們全家帶來不少歡樂。我媽尤甚，把它當親兒子養（我挺吃醋的），不僅大魚大肉侍候，還允許它進屋來，只是偶爾它會衝著樓上狂吠，很兇猛的樣子。

有一次奶奶問起樓上是不是有什麼鬼怪？我很快答沒有。

打從那次以後，我家樓梯口多了一道安全柵欄，目的是防止阿福上樓。家人埋怨了幾次，最後不了了之，可見我們金家有多麼容易息事寧人。

"圓圓，到了宿舍來個電話報平安啊！"母親哽咽地說。

"會的。"

我佯裝堅強，然後對爸爸、媽媽、爺爺、奶奶揮手道別。

等過了安檢口，我才感到害怕，淚水在眼眶裏打轉。

"沒事的，"一個假小子模樣的女孩走到我身邊，"我第一次出國也哭得稀里嘩啦，後來就免疫了。"。

"妳也留學韓國？"

"不是，是英國，貴死了，還是韓國划算。"

我很想說選擇韓國非我所願，但又覺得交淺言深，所以話到嘴邊又吞下。

"拜了，祝妳在韓國找到妳的歐巴。"

她還真說對了，我到韓國就是爲了找歐巴。

“ 謝謝！借妳吉言。” 我答。

第二十三章/和同學約會

仲介為我租的公寓離慶熙大學正門約八百米，保證金五百萬，月租65萬，在2樓，一室一廳，位置好，離東大門市場約四站地，附近有地鐵，公交車也多……

我挺滿意的，尤其樓下就有7-11，不想煮飯時，吃他家的微波爐食品正好。

"圓圓，明天就上課了，妳得認真才行。"金佳人說。

"那當然了，我來韓國就是為了學習。"

"妳九點上課，時間長得足夠晨跑，還是要做好身材管理。"

說到身材，處女座的姐姐對98斤有無可救藥的執著，偏偏我的體重一直卡在104斤，離她的理想還有一小段距離，這帶給我很大的壓力，好比現在，我正撕開薯片包裝袋，姐姐提醒我已經夜裏十點了。

"我知道已經夜裏十點，但飛機餐很難吃，下機過關再打出租車過來，根本沒時間吃飯，我現在餓得要死！"

她很無情地說寧願餓死也不要醜死，做人得自律。

「我偏不！」我將一大把薯片塞進嘴裏，「我的身體我作主。」

「行，別叫我。」

姐姐化爲一縷白煙回到我的抽屜（沒錯，我在抽屜裏放了一面鏡子）。

此時薯片在我嘴裏咔滋咔滋地響，那麼地單調與無趣。我想到人生地不熟，在韓國也只有姐姐這個親人，如果把她氣走了，我不也孤獨？何況她只是想早點兒見樸彬一面，急於心切而已。

「好啦！我不吃了，妳出來吧！」我喊。

金佳人笑嘻嘻地出現，她說我是她的好妹妹，舉世無雙。

韓國語學院都是小班授課，一個班不超過**12**名學生，堪稱小型聯合國，既有中國來的學生，也有美國、日本、泰國、越南、荷蘭……等。

第一天上課照例得來個自我介紹，我發現別的同學都有備而來，至少介紹自己時用的是韓文名，哪像我，一點兒準備也沒有。

「Hi，I am Jin Yuanyuan. 我是金圓圓，來自中國。I come from China.」

一個中國人長相的男孩噗嗤一笑，我刷地臉紅了，誰讓我在韓語課上中英文並用，簡直不倫不類！

給我們上課的是一位韓國人工美女，臉部有很強的硅膠感，雖然外表看起來不容易親近，但教學態度還算可以，第一天

上課就教全班"金圓圓"的韓文是 김원원，發音是**Kim Wan Wan**（聽起來很像"齊萬萬"）。

好不容易熬到下課，我走到教室外呼吸新鮮空氣，即使十分鐘也好。

"齊萬萬……齊萬萬……金圓圓。"

聽見有人喚我，我轉過頭去，原來是"心臟"，方才上課對我噗嗤一笑的男生。

"嗨！我是**Sin Gan**，同樣來自中國，請多多指教。"

我的韓語零基礎，剛才上課很吃力，不過通過肢體語言，我還是了解到這個男生發音錯誤，把自己的韓文名說成了심장（**sim jang**，心臟），還好這次說對了。

"你的中文名是什麼？"我問。

"信江。"

"我問全名，不是姓氏。"

他告訴我信江就是全名（相信的信，一江春水向東流的江），不是長江，也不是鴨綠江，而是信江。

這次換我噗嗤一笑，說他真風趣，還有，這是第一次我遇上姓信的人。

他解釋"信"這個姓出自姬姓，戰國時魏國公子信陵君便是。

信陵君？這個歷史課本上見過。

"敢情你是皇親貴族的後代，失敬失敬！"我調侃他。

"好說好說，"他拱手作揖，"妳也住校外的學校宿舍？"

"沒有，因爲我的要求比較多，所以……"

"好可惜，不然我們可以早晚都見面。"

韓國語學院是半天制授課，分上午班（9:00～13:00）及下午班（13:30～17:30），正因爲我和信江同時選擇上午上課，否則大概也碰不上面。

" 距離產生美，也許有一天我們會寧願不見面，因爲看膩了。"我說。

" 也許妳會看膩，但我不會，"他深深看我一眼，" 有没有人說妳長得像樸寶英，她是我的偶像。"

回到公寓，我攬鏡一照，某些角度的確有點兒像樸寶英。

" 妳在幹嘛？"金佳人從鏡子裏飛出來，嚇我一跳。

" 能別這麼嚇人嗎？"我捂住胸口，" 今天有男同學說我長得像樸寶英，所以我照鏡子核實一下。"

" 樸寶英？誰是樸寶英？我只認識全智賢。"

我知道姐姐爲什麼這麼說，因爲她經常被誤會是韓國女神——全智賢。

" 妳一個早上都在幹啥？"我轉話題。

" 回家一趟，然後發現小四的兒子已經三歲了，淘氣得很。再告訴妳，我爸現在兩頭跑，尤其原配已經回國，不分配好時間，後院很容易起火。"

我問原配可是一個人回國？

" 不是，我⋯⋯姐也回來了，現在就讀慶熙大學的中文**MBA**項目。"

" 中文**MBA?** 意思是她的中文很厲害？"

" 也許吧！這也没什麼，韓國人很熱衷學中文。"

" 這倒是。"

就這麼天南地北地閒聊，轉眼時針已指向五。

"不說了，我有約會。"

"跟誰？"她頗爲驚訝地問。

"同學，他約了我吃雞。"

金佳人要我帶上她。

才不呢！有病才帶上她。

我把包裹的化妝鏡拿出來放桌上，然後毫不猶豫地走出家門。

第二十四章/代寫作業

其實今天我已經跟"信陵君的後代"午餐約會過，因爲下午一點才結束上課，這個點很尷尬（走遠了怕没午餐供應），加上對周遭環境不熟悉，我選擇到學校食堂吃。偏偏有此想法的不止我一人，幾乎班上同學全到齊了，基於"人是故鄉親"及不願被貼上"孤僻"的標籤，我不介意和老鄉同桌共食。

講到學校食堂，這裏提供的選擇只有兩種，一種是拉麵加蛋，2000元；另一種是學生套餐，四菜一湯附米飯，3000元。

" 我猜妳是北方人。" 信江說。

" 爲什麼這麼猜？"

" 因爲妳吃麵。"

他算是猜對了，北方人喜歡食麵（附帶一句，身爲地道的威海人，主食我更鍾意結實的大饅頭或餅，可惜没有）。

" 那麼我猜你是南方人。" 我說。

" 爲什麼這麼猜？"

"因爲你吃米飯。"

"哈！妳錯了，我也是北方人，愛吃米飯的北方人。"

因爲前面的鋪設，我被他錯誤引導，如今猜錯了，我有上當受騙的感覺。

"妳怎麼不說話了？"他邊吃邊問。

"我不喜歡流裏流氣的人。"

"我？流裏流氣？"

"嗯！"

然後我們兩人同時陷入"無話可說"的尷尬境地。

由於"不說話"，信同學很快便吃完學生套餐離開，沒多久，他捧著拉麵過來。

"你的食量很大嗎？"我忍不住問。

"我的食量不大，但爲了妳，我吃兩份。"

呵！這個鍋我可不背，我沒讓他吃兩份。

他說我誤會了，只是想利用這個方式表達歉意。

既然對方示弱，我只好退一步海闊天空，安慰他："你想多了，事情沒那麼嚴重。"

"那麼晚上我們一起吃炸雞配啤酒，來個大和解吧！"他乘勝追擊。

自從看了風靡全亞洲的韓劇《來自星星的你》之後，"在韓國吃炸雞配啤酒"便上了我的夢想清單，沒想到第一天上課就有人急著幫我圓夢。

"也好，反正今天功課不多。"我接受了邀約。

～

所謂的"約會"，範圍其實很廣，並不局限在男女朋友之間，好比現在，我和信江戴著塑料手套大啃紅通通的雞腿，一點兒美感也無，遑論浪漫。

"不知從何開始，炸雞和啤酒的搭配深入人心，其實炸雞配任何帶氣的飲料都爽的一批。"他說。

何止爽？我們兩人點了四份炸雞、兩份年糕、兩杯大啤，老闆娘又送我們兩瓶汽水，我感覺胃要炸了。

"對身材而言可不爽，"我有感而發，"回去我肯定挨罵。"

"妳不是一個人住？"

"不是，姐姐跟我一起住。"

為什麼要強調自己不是獨居呢？還不是父母教的，他們認為可藉此打消某些不良份子的歹念（當然，信江看起來不像不良份子，但是人心隔肚皮，誰知道呢？）。

"那麼哪天妳約妳姐姐，我約我室友 **Park Bin**，我們四人一起出去玩。"

"誰？**Park Bin?**"我驚呼。

"他還有個中文名叫樸彬，不過他的中文不太好，英語倒說得挺溜的，也難怪，他高中以前讀的是國際學校。"

真是"踏破鐵鞋無覓處，得來全不費功夫"，本來我還想著該上哪兒找樸彬，他的室友就主動聯繫上。

"好呀！回去我問問姐姐。"我高興地答。

我一進門，金佳人便示意我戴耳機。

"**What?**"戴上後，我問。

"不可以見面，妳還沒減到**98**斤。"

"妳到底在說什麼？我怎麼聽不懂？"

"我說妳今晚吃太多，上床前得做兩百個仰臥起坐，還有，現在不能跟樸彬見面，因爲妳的體重未達標。"

我沉下臉來，問她是不是跟踪我來著？

她毫無愧色地承認，還說跑死她了，因爲不是每個地方都有鏡子，她左拐右繞才趕上我們。

面對跟踪者，我自有辦法整治。

"那行，我做仰臥起坐，妳幫我寫作業。"我說。

"金圓圓，妳皮癢是不是？"

我不理她，躺在床上做仰臥起坐，也不知做到第幾個，起床喝水時發現桌上的作業已完成，一筆一畫，工整極了。

第二十五章/兩個爸爸

西方有句諺語：**"Heavy is the head who wears the crown."**，翻成中文就是"欲戴王冠,必承其重"。咱們中國也有類似的說法，好比：欲達高峰，必忍其痛；欲予動容，必入其中；欲安思命，必避其凶；欲情難縱，必捨其空；欲心若怡，必展其宏；欲想成功，必有其夢……我，金圓圓，也有專屬的說法：欲得高分，必靠自己（原因無他，靠山山倒，靠人人跑）。

要實例？請看！

" Kim Wan Wan ，￥#%@*+………" 我們的硅膠女老師問我。

老實說，除了名字"齊萬萬"聽懂外，其他都是外星語。

" Nei.Nei.Nei……" 情急之下，我只能拼命點頭同意對方說的。

老師一頭霧水，再次重複她的問題。

我心想既然答"是"不對，那麼答"不是"（A ni ei yo)試試，結果更慘。老師快步走過來翻看我的作業，然後指出其中一道題讓我唸出答案。

天知道作業是金佳人完成的，我連問的是什麼都不清楚。

" Zou……Zou……" 除了"我"之外，我再也吐不出任何字句。

假面老師此時露出真面目（相信我，可怕得很），她轉身在白板上寫下一個外星文，然後打上一個大叉叉，再接著寫另一個外星文，然後打上一個大勾勾。我得出的結論是：第一個外星文是"抄襲作業"，所以得差評；第二個外星文是"自己完成作業"，所以得一顆小紅心。

我鬱悶死了，尤其班上同學都知道我來自中國，出國一趟沒給祖國增光，反倒讓它蒙羞，我恨不得挖個地洞鑽進去。

好不容易熬到下課，我走到教室外呼吸新鮮空氣，即使十分鐘也好。

"齊萬萬……齊萬萬……金圓圓。"

我知道是信江喚我，所以没轉過頭去。

"很丟臉哪！"他走到我身旁說。

"我知道。"

他接著提議吃完中飯一起上圖書館唸書、寫作業。

我答好，乖巧得像一隻綿羊。

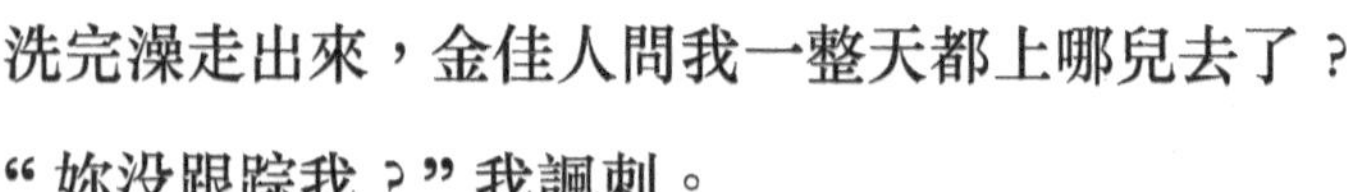

洗完澡走出來，金佳人問我一整天都上哪兒去了？

"妳沒跟踪我？"我諷刺。

“没，我有自己的事要做。對了，妳今天晨跑了嗎？”

“没，我也有自己的事要做。”

姐姐說我的正事就是減到**98**斤，好讓她去見樸彬。

“不，我的正事是學習，免得被老師抓包。”

“妳終於覺醒了，”她很開心，“以後的功課還是得自己寫。”

我答那是肯定的，當眾出糗的事一次就夠了。

然後我們拉拉雜雜又談了些瑣事，之前的磨擦很快煙消雲散，我們又成了無話不說的好姐妹。

“告訴妳，我今天回家了，看到小四和……孩子住在我和母親住過的房子內，心裏好難受。”

我安慰她“天道好輪迴，蒼天饒過誰”，很快會有人自食惡果。

說完，我有被打臉的難堪，金佳人的母親是小三，不也自食惡果了？還好姐姐沒對號入座，反而附合我的言論。

“妳說的没錯，我爸自食惡果了，那個小男孩不是他的，真正的生父最近才出獄。”

什麼？！這麼狗血的劇情竟然也會發生在現實生活中？我問接下來該怎麼辦？

“鐵定得拆穿，好替我媽報仇！”她憤恨地說。

“怎麼拆穿？”

金佳人把眼光放在我身上。

“不，不行，別拉我下水。”我恐懼地答。

我再一次妥協，幾天後我上金家應徵中文教師。

"金老師，實話告訴妳，我兒子坐不住，妳只要確保他安全，同時會一點兒基本會話就行。"

没料到小四也是中國人，有東北口音。

"好，我盡力。"

一個下午我好像動畫片《貓和老鼠》裏的湯姆，那孩子就是傑瑞，我時不時要把他捉回來。

"金東元，我們來摺紙飛機，看，馬上就能飛了。"

我找來A4紙，並且立即動手製作，這次小男孩終於肯安靜下來。我正慶幸方法得宜，有人開門進來。

"A bo ji ～"小男孩拋下我，奔向那個面露疲態的男子。

A bo ji? 爸爸？原來他就是金佳人的父親，我又多看了兩眼。

那個年過六旬的男人抱起男孩親了又親，畫面更像爺爺和孫子。

"Nam pi-on，$&*/@……"小四指著我說。

我趕緊起身向他鞠躬，嘴裏說著："An nyeong ha sei yo."

他對我點一下頭，很快進房間，小四也跟過去。

我把"失寵了"的金東元叫過來，溫柔地對他說："爸爸和媽媽走了，你只有我。"

明知他聽不懂，我還是開著玩笑。

"A bo ji ……dul ……"他伸出兩根手指頭。

韓語裏的數字有兩種說法，一種是將中文的一二三四五……直接音譯，所以讀法也跟中文很相近（如：il、i、sam、

sa、oh……）；另一種是韓文固有的讀法：hana、dul、set、net、daseot……顯然小屁孩使用的是後一種的說法，意思是"爸爸有兩個"。

我一時語塞，這孩子也太可憐了。

"没事，"我把他摟在懷裏，"至少你還有爸爸。"

第二十六章/陪跑教練

相比歐美，到韓國留學的費用低多了，而且韓國政府允許留學生打工，對於經濟不寬裕的人來說很具吸引力。那麼韓國留學生都打什麼類型的工呢？途徑其實很多，譬如：餐廳服務員、中文導遊、建築工地小工、便利店收銀員、家教、中文教師……等。

講到中文教師，韓國的外語補習選項中，中文已經上升到第二熱門外語（僅次英語）。報酬不錯，時薪約一萬韓元，若是到府上課又更高，依據距離的遠近，每小時能達到三萬，然而小四卻只願給我一萬五，原因是……我乃非法打工。

" 妳的簽證是**D-4**，" 她指著護照上的小貼紙，" 按理不能打工，所以我只能給妳符合身份的價碼。"

依照規定，拿**D-2**簽證且完成一年以上修學課程的留學生（不包括語言研修）才得以打工。 顯然我不具備上述條件，僱主說我非法打工乃有理有據，還好我不缺盤纏，打工只爲了完成姐姐的心願。

" 可以，是日結嗎？" 我問。

“是的。”

於是我開始每週五天的打工生涯，時間：週一到週五，下午兩點到五點（這個時間是爲了滿足女主人睡午覺及偶爾的外出）。

～

梨泰院位於韓國首爾龍山區南山東麓，原來是駐韓美軍的軍營處，不少軍眷居住在此，包括一些美韓混血兒，由於長相不韓不西，他們被稱爲“異胎”，所以梨泰院原來的寫法是“異胎院”；另一種說法是當年此地作爲美軍基地，許多桃色交易應運而生，特種行業人員若不慎懷孕會進行墮胎，即“離胎”，地名便是取其諧音，成了“梨泰”。不管真正的名稱從何而來，爲了滿足購物需求，韓國人開始在梨泰院附近開設商店乃不爭的事實，久而久之，梨泰院便發展成爲一個具有異國風情的旅遊景點，更進一步成了漢江以北最著名的豪宅區，不少財閥都住在這裏，包括三星集團李氏家族。

話說金佳人和金媽媽原來也住在梨泰院的別墅區，如今物是人非（換上小四及其兒子），只能感嘆滄海桑田。

這一天，小四沒睡午覺，反而打扮得很妖艷，上身是豹紋緊身衣，胸口開得很低，底下是黑絲襪，簡直春情蕩漾。

“我出去一趟，有事打我手機。”說完，她快速在寶貝兒子的臉頰上小啄一下，然後推門而出。

“媽媽走了。”我對小男孩說。

他一點兒也不感傷，彷彿走掉的人跟他一點兒關係也沒有。

我把家裏的中文童書拿出來上課，他只專注五分鐘便被玩具收銀機給吸引住，我被迫和他玩角色扮演的遊戲，我是老闆，他是顧客。

起初我並不排斥，反正寓教於樂（可以順便教他中文數字和會話），但後來卻變味了，因爲他開始不滿足客廳裏的東西，轉而到主臥室取，什麼都拿，腰帶、指甲油、假髮、粉撲、性感睡衣……最後連保險套也拿過來結賬。

"好了，遊戲到此爲止，你把東西都歸位。"我說。

金東元聽不懂，反身又要回主臥室，我將他抱住，此時有人開門進來。

"**An nyeong ha sei yo.**"我說。

雖然很好奇男主人在這個時間點回家，但我仍若無其事地和他打招呼。

他點了一下頭，眼光落在沙發上的東西。完了！這要怎麼解釋？

"**Kim Dong Won ……**"唸完小子的名字，我再也接不下去。

男主人喚了聲小四的名字，沒得到回應，嘀咕幾句後自行回房間。

我趕緊抓小屁孩唸書，因爲聞到不尋常的氣息，果然半小時後小四趕回家安撫老公，我這才發現她的小腿很白皙，因爲下午出門前的黑絲襪已經褪去。

"老天！這是赤裸裸的出軌。"我心想。

～

"這就是報應！我等不及看父親腦羞成怒的樣子。"金佳人得意地說。

"即使他和小四分開又如何？"

"我就是要他意識到自己的錯誤，當初是'撿了芝麻丟了西瓜'。"

“可是妳和妳媽已經死了呀！”

姐姐抿抿嘴答她猜想父親尚不知情。

就算不知情，仍然無法掩蓋她們二人已經死亡的事實，她父親能做的，頂多到墳前祭拜一下而已。

金佳人表示那也聊勝於無，犯錯的人總得對曾經傷害過的人表達歉意，即使只是一鞠躬，那也是一種慰藉。

知道姐姐要的是一個態度，這多少讓我釋懷，畢竟小四和孩子與我無冤無仇，我卻要他們遠離舒適區，有點兒說不過去。

“行，妳說怎麼做，我照辦就是。”

“先觀察個幾天吧！我還沒想好如何一擊中的。”她答。

信江問我最近爲什麼没到食堂吃飯？我答食堂裏的東西千篇一律，早吃膩了，加上下午得打工，怕來不及，我通常在去的路上隨便吃點兒，可能是辣炒年糕，也可能是魚糕串串兒，反正没空坐下來吃。

“打工？妳拿的是D-4簽證，如何打工？”他問。

“噓～小聲點兒，”我左看右瞧，直到確認周圍安全，“我打的是黑工，教一個三歲小孩說普通話。”

“原來如此，我還以爲自己被甩了呢！”

他還真搞笑！我們是同學，何來甩不甩的問題？

信江答開開玩笑而已，說真的，如果有那麼個機會，不妨也帶上他，他是窮學生，極需勤工儉學。

就因爲信同學這麼一段求職宣言，姐姐把苗頭指向他。

是這樣的，我的體重從原來的190斤降到104斤，堪稱勵志表率，但仍不能讓姐姐滿意，因爲她的理想體重是98斤，而我再怎麼努力也達不到（即使吃瀉藥，那也是暫時的，很快又反彈）。我們兩姐妹已經就這件事吵了好幾回，我認爲她強人所難，她則指責我不能感同深受她迫切想見樸彬一面的心。

哎！我怎麼不曉得？但6斤的差距實在跨越不了，我能怎麼辦？

結果我回家一說溜嘴，提到信江想打工，金佳人便天馬行空起來，提議讓信江陪我跑步，按小時付費，很快就能立竿見影。

我才不要，跟"有點兒熟又不太熟"的男同學跑步，多尷尬！

她答她要的就是這種尷尬，爲了解除尷尬，我才會用心減肥，說到底，這是"長痛不如短痛"，她也不願拖我這麼久……（姐姐不提，我也不好埋怨，就因爲自己沒減到98斤，我被迫和鬼魂一起居住，一點兒隱私也沒有。）

"好吧！死馬當活馬醫，我爭取一個月內見效。"我答。

信江一聽說我要僱他當陪跑教練，笑得合不攏嘴。

"別高興得太早，一個小時一萬五，多了我付不起。"我說。

"沒問題，何時開始？"

"明天，待會兒我發公寓地址給你。"

第二十七章/苦孩子

隔天一早，我聽到樓下傳來"齊萬萬"的呼喊聲。

"還不到六點。"我打開窗戶說。

"没事，妳慢慢來，我只是想確認自己没搞錯地方。"

真是的，這一來我還能睡嗎？只能爬起梳洗一下，然後到樓下與陪跑教練會合。

按照口頭約定，每天早上六點到七點他陪我跑步，時薪一萬五，月結。

我的想法很簡單，一個月後減到**98**斤就跟他拜，但信江不這麼想，他以爲這是天長地久的事，這可以從他的全身新行頭看出。

"你該不會爲了跑步買專用的衣服和鞋吧？！"我問。

"妳看出來了？"他很得意，"爲了陪妳跑步，我特地到**Decathlon** 走一趟。"

我問他花了多少錢？他答不多，大概**15**萬。

"月結時我給你。"我說。

"爲什麼？"

"沒爲什麼，不想欠下人情債。"

我們往東大門美食一條街的方向跑去，經過首爾市立東部醫院、大光中學、青龍寺、漢陽都城博物館、再繞回到清涼里蔬果市場，時間剛過7:10。

"多出的十分鐘，我照付。"我喘著氣說。

"不用了，這樣計算起來多麻煩。對了，妳姐姐怎麼不一起跑步？"

"她……很忙。"

"那麼待會兒學校見囉！"他揮一揮手，走了。

講到金佳人，我也感到迷惑，自從來到首爾之後，她變得非常忙碌，有時一整天也不見踪影。

我戴上耳機上床，想邊聽音樂邊入睡。

"圓圓～"金佳人現身，仍穿著白襯衫。

我摀住胸口，問她能不能別這麼嚇人？

"妳跟鬼相處這麼久還會害怕？我以爲妳早已膽大包天了。"

這真是個好問題，我也不清楚自己在恐懼什麼。

見我沉默，她問我今天跑步還算順利吧？！

"順利呀！我在前面跑，他在後面追，兩人保持五大步的距離，我感覺好像僱了個保鏢。對了，他還問起妳。"

"我？問我什麼？"

“問妳為什麼不跑步？他知道我不是一個人住。”

“妳没說妳的姐姐是鬼吧？”

我哈哈大笑，問她最近都在忙什麼？

“兩頭跑，不是我爸這邊，就是樸彬那邊，有幾個女生老在樸彬身邊打轉，討厭死了！”

“妳有情敵了，該拉警報。”

“所以啦！妳趕緊減肥，我好跟他見上一面，讓他一輩子都惦記著我。”

這也是我迷惑的地方，他倆在國際學校時早已認識，雖然彼時她是高傲女神，對他不理不睬，但如果是身上的朱砂痣，早有了，何需等到現在？也許他壓根兒就不曾“一見鍾情”過，姐姐想做的無非是“二見鍾情”……

也不知是哪句話刺激到她，金佳人氣急敗壞地罵我是白眼狼，若不是她，我依然是個胖子；若不是她；我家依然一貧如洗；若不是她，我不知還窩在哪家工廠當女工，現如今，我卻反過頭來取笑她，好個好妹妹！

“我……”

我還没來得及解釋，她已化為一縷白煙消失。

“她到底怎麼了？像吃了炸藥似的，我不過是說話直了點兒，至於嗎？”我心想。

由於多了中文家教的工作，我的時間排得滿滿的，雖然很累，但很充實。

這一天跑完步，信江說今天是週末，問我有没有空陪他出去逛逛，順便買個耳機。

"耳機？爲什麼要買耳機？"我問。

"跑步時妳不說話，邊聽音樂邊跑，我可慘了，沒有其他東西轉移注意力，跑步成了苦差事。"

原來如此！

以前姐姐陪我跑時，我們總是邊跑邊聊，時間一下子就過去了，現在換人陪，我和信江沒那麼熟，爲了免去尷尬，跑步時我不說話，他難免無聊 。

"十點行嗎？我回去先洗個澡再休息一下，你說在哪裏見面好？"我問。

根據信江的計劃，我們先在學校大門碰面，再到明洞逛一逛，然後轉戰龍山區，那裏有個很大的電子城。

我没意見，當下拍板敲定。

洞（동）是韓國的行政區劃之一，相當於中國的街道，有名的譬如明洞、三清洞、仁寺洞、清潭洞……等，其中明洞最廣爲人知，它位於首爾中區，是韓國最具代表性的購物街，和商品中低檔的南大門、東大門相比，這裏的商品以中高檔爲主，附近還有樂天百貨、新世界百貨和很多綜合購物中心。

我東逛逛西瞧瞧，不過一個小時的光景便已經買下不少戰利品，然後跟著導航去吃一直想吃的肥牛辣章魚。

這家"首爾必吃店"原來處在一個小胡同裏，等位的人很多，半小時後才輪到。我們點了肥牛章魚鍋、紅薯芝士條、炒飯、蒸蛋、桃子味米酒等。

韓國食物多辣味，這家的章魚鍋也不例外，不過辣得很過癮，害我鼻水直流。

「妳的姐姐也愛吃辣嗎？」信江問。

「不，她喜歡清淡，而且飯量很小。」

「妳的姐姐多大了？是學生還是已就業？像妳一樣漂亮嗎？」

我問他該不會想追我姐姐吧？

他很尷尬地表示若追不上我，追我姐姐也好。

我要他醒醒吧！追不上我，肯定也追不上我姐姐，她像一陣風，來無影去無踪……

「怎麼聽起來像鬼？」

「哪……哪有？人怎麼會是鬼？呵呵！」我乾笑兩聲。

「妳怎麼就當真了？我不過是開個玩笑。對了，妳很有錢嗎？剛剛看妳購物，我嚇死了，還以爲迪拜公主駕到。」

糟糕！我怎麼不小心就露富了？我可是需要打工糊口的灰姑娘呀！

「那個……是代購，我哪有那麼多錢？呵呵！」我又乾笑兩聲。

就因爲自己哭窮，結賬時被信江給捷足先登了。

「你很有錢嗎？」現在換我問他。

「實話告訴妳，我已經25歲了，在中國工作八年，錢攢了一些，因爲學歷不高，就想出國鍍個金。換言之，本人絕非有錢人，但偶爾奢侈一下還是可以的。」

原來是個苦孩子，這下子就更沒理由用他的錢。

「你說的電子城在哪裏？我們趕緊過去。」我說。

第二十八章/女瘋子

根據信江所言，首爾市內最有名的電子城位於龍山區，原本是一個果蔬市場，自**1987**年起搖身一變成爲銷售各種家電及電子商品的大商圈，它的產品價格比市價便宜**15%**以上，大減價時甚至能達到**30%**。

難怪他要上這兒買。

我們坐地鐵**1**號線來到龍山站，左拐右繞後進入一棟還算開敞明亮的建築物內（還好，我原以爲他會在**Najin**街買，那裏相對破舊許多）。

雖然沒選擇路邊小店，但不表示信江想大手筆花錢，他不僅貨比三家還一砍砍個對折。韓國人的脾氣本來就欠佳，加上信江的韓語不行，好幾次差點兒打起來，我看苗頭不對，在釀成大禍前果斷出手，花**14**萬買下韓國產的藍牙耳機。

"這也是代購的東西？"信江問。

"不是，是買給你的，因爲剛才午餐由你買單。"

他死活不要，說我買貴了，又說午餐才四萬，他不願佔我便宜。

"那怎麼辦？買都買了。"我無力地說。

"退了吧！"

想到會有的不愉快場面，我寧死不從，非要他收下不可。

"這樣吧！妳把妳的舊耳機給我，妳用新的。"他說。

我的舊耳機雖是偷來的二手貨，但好歹是德國牌子，原價可比**14**萬韓元貴多了。

心裏雖嘀咕著，但我還是把舊耳機從包裹取出，同時叮囑他要好好愛護。

"當然，我會把它供起來，早晚膜拜。"他嘻皮笑臉地說。

天黑以後我通常不出門，吃過晚飯便乖乖寫作業，累了就做做柔軟體操或看電視學韓語。韓國的戲劇蓬勃發展，每晚都有我喜歡的劇，即使聽不懂，看看俊男美女也好。

這一天夜深了，爲了得到好的音效且不破壞鄰居間的感情，我戴上耳機看電視，當發現頻道上竟然有周星馳的電影（韓文字幕，粵語發音）時，我喜不自勝。雖然本人的廣東話麻麻地，但這不妨礙我看懂周氏無厘頭幽默，所以時不時笑得上氣不接下氣。

"哈哈……哈哈哈……能不能讓一讓？妳擋住屏幕了。"我說。

"金-圓-圓-"

光聽聲音就知道金佳人生氣了，而且很氣很氣。

算一算，姐姐已經有七、八天不見踪影，如果她是個大活人，我肯定敲鑼打鼓尋人去，偏偏她不是，我樂得享受一個人的寧靜生活，如今她又神不知鬼不覺地出現，讓人好生奇怪。

133

“別氣，再一下下就好，厲鬼馬上出來了……”

說時遲那時快，“啪”的一聲，電視屏幕全黑了，機子身後還冒煙，傳來一股惡臭。

“金-佳-人-”我怒不可遏，“妳幹了什麼好事？這電視機是房東的，到時我如何交待？”

我一抱怨完，床上多了好幾沓紙鈔，我感到不可思議極了，言明這不是錢的問題，而是尊重，她太不尊重我了！

“好，我尊重妳，事先跟妳說一聲，後天晚上七點，妳到和平殿堂正門跟樸彬說Han Eun Hye不來了。他若問爲什麼，妳就答不清楚。”

和平殿堂是慶熙大學的一抹獨特風景線，乍一看，這棟有花窗玻璃和哥特式廊柱的教堂頗有哈利波特魔法城堡的感覺。

“誰是Han Eun Hye? ”我問，“還有，我的體重還沒減到98斤，如何見樸彬？”

“Han Eun Hye是個討厭的女生，天天纏著樸彬，另外，妳是以金圓圓的身份見人，即使胖到天際，我也不在乎。”

我接著問她要如何阻止Han Eun Hye赴約？雖然我可以謊報，但她人一到，豈不拆穿？

“放心，她絕對到不了。”姐姐答。

由於金佳人不肯告訴我要如何讓討厭的女生不赴約，所以我無法答應，因爲想到家裏的阿福，當時不也差點兒成爲輪下鬼？

我不點頭，姐姐便變著花樣折磨我，譬如從鏡子裏伸出頭來嚇唬我、把我的房間搖得天旋地轉、讓廚房裏的鍋碗瓢盆齊飛……

對於她的幼稚行爲，我選擇忽視，沒想到今日晨跑她也來參一腳。

" 拜託，就今天了，妳一定得到，否則出大事了。" 她說。

" 能出什麼大事？無非樸彬和討厭的女生在一起，**so what**？大學生還不能有社交活動？出去看場電影、吃個飯很正常的好不？"

" 我就是不喜歡那女的，妳不過是傳個口信而已，何難之有？"

我答是不難，但我如何保證討厭的女生不會出車禍？想想阿福……

" 阿福現在活得好好的，還得到妳父母的寵愛，有什麼比這個結果更好？"

我堅定立場，姐姐若不告訴我如何使壞，我絕不幫她。

" 妳真固執，" 她停頓一會兒，" 好啦！實話告訴妳，到時候我會把她鎖在房間內，即使舍監阿姨拿來備用鑰匙也打不開。"

聽到不會出人命，加上姐姐又好話說盡，我再次妥協了。

" 就知道妳是我的好妹妹，大恩不言謝，拜了！"

姐姐走後，耳機又傳來美妙的音樂。我快步跑向世宗大王紀念館，它的正門離我的公寓不到五百米。

跑完步，通常我和信江會寒喧幾句，然後揮手道別，但今日不一樣，他彷彿被雷擊中，很木訥（是那種驚嚇過度後的木訥）。

" 那麼……待會兒學校見。" 我說。

“嗯！”

看他跑步遠去的背影，我愣了好幾秒才恍然大悟，剛剛跟姐姐對話，不知道的人肯定以爲我在自言自語，這不是精神病嗎？

想到被信江貼上“女瘋子”的標籤，我鬱悶得要死，怎麼就這麼不小心？哎～

第二十九章/樸彬

還真別說，到了學校，信江看我的眼神就不對。

"哼！誤會就誤會了唄！我還在乎你不成？"我心想。

下課後，我走到教室外呼吸新鮮空氣，即使十分鐘也好。

"齊萬萬，"信江走了過來，"今天打完工妳有沒有什麼節目？沒有的話，我們去吃炸醬麵。"

韓國炸醬麵和中國炸醬麵從外觀上看就很不一樣，前者黑糊糊的，看起來很不討喜（吃起來倒挺可口）。

對於信江的吃麵邀約，我以"打工很趕，正想中午以炸醬麵裹腹"給打發掉。

"那麼晚餐妳想吃什麼？我奉陪到底！"

瞧！他肯定有事，竟然用這種山大王的口吻跟我講話。

我也來氣，回答挺想吃夜來香的中華料理。

韓國人眼裏的中華料理無非三種：炸醬麵、辣海鮮麵、糖醋肉(更接近鍋包肉），顯然這些都是改良版。至於正宗的中國菜，一般會冠上"正統"或"本土"二字，以便與改良過的中華料理有別，我提到的夜來香，全名正是：夜來香—正統中華料理店。

"行，打完工妳直接到店裏，我會提前佔位。"他答。

夜來香走的是高檔的中華料理，我沒去過，只是略有耳聞，沒想到信江一口答應下來，我反倒有騎虎難下的尷尬。

"算了吧！那家店很貴，以後再去。"

"何必以後？不過是環境好一點兒、東西貴一點兒、結賬還收取10%的小費而已。"

看！這不是存心找茬？

"既然你不在乎月底吃泡麵，我還有什麼好顧忌？就它了，不見不散。"

我趕到梨泰院，時間恰好14:10，遲到十分鐘。

"對不起，我遲到了。"說完，我鞠了個躬。

"我趕著出門呢！妳這不是耽誤我時間？"小四指責我。

我再次道歉。

"算了，進來吧！我還得帶公公婆婆去醫院。"

公公婆婆？我把目光投向屋內，果然榻榻米上坐著兩位老人。

"他們就是金佳人的爺爺奶奶？看起來刀槍不入的樣子。"我心想。

在姐姐的描述下，那兩老人就是家裏的元帥，說一不二，同時有很根深蒂固的傳統思想，"重男輕女"便是其中之一。

" Kim Dong Won，#@&*%………"

時間就是金錢，小四把金東元叫過來上課，那熊孩子卻往奶奶的心窩裏鑽，不知道的人還以爲我是惡老師。

"金東元，"我向他招手，"上課了，老師講孫悟空的故事給你聽。"

那孩子依然故我，還一副哭哭啼啼的模樣，完了，這工作還保得住嗎？

還好小四在這方面算明事理，她把兒子抓過來上課，順便催促老人上路。

"我帶他們上醫院做體檢，先生若問起，妳就這麼答。"小四說。

"好的。"

他們仨走後，我把小男孩抱在懷裏，告訴他中國最有名的猴故事，當講到孫悟空偷吃蟠桃時，鈴聲響起。

我檢查一下我的包，不是我的手機響。

金東元離開我的懷抱跑向主臥室，没多久拿來一部手機，想必是小四落下的。

"喂！"對方說。

真是的，金東元竟然按下接聽鍵，我正想掛了，對方又開口，說的還是字正腔圓的普通話。

"妳怎麼不說話？以爲不說就没事？等我從中國回來見一面，老地方，妳把孩子帶過來。"

我趕緊掛上手機。

原來金東元的生父也是中國人，小四到底是怎麼想的？找了個接盤俠，結果又兩邊遊走，連孩子也知道自己有兩個爸爸，天底下有這麼當媽的嗎？

“ Su Wu Ko.” 金東元指著我手上的書說。

“ 不是 Su Wu Ko，是 Sun Wu Kong，來，” 我把他抱入懷中，“ 我繼續講孫悟空的故事給你聽。”

～

夜來香果然是高檔餐廳，不僅大紅燈籠高掛，桌椅還都是實木，很顯高端大氣。

“ 你點了嗎？” 我問信江。

“ 還没，等妳。”

我翻了翻燙金的菜單，點了魚香茄子、東坡肉、青島啤酒，然後把棒子交給信江。

“ 炒飯和白開水，謝謝！” 他對那個說中國話的服務員說。

什麼？！我以爲他會多點幾道，所以自己才點了兩個菜，早知道就不客氣了。

他解釋來時的路上已經吃了烤奶酪和鯽魚餅，炒飯是點給我吃的，不夠再叫。

約好一起吃飯，他卻提前吃，省成這樣，讓我更有理由相信這是場鴻門宴。

雖然心中懷疑，但美食（餐前小菜）當前，我顧不了那麼多，還是先大快朵頤一番。

等主菜一一上桌，信江話鋒一轉，提到他的室友人不錯，長得也好，所以很討女孩子喜歡。

“ 帥哥誰不喜歡？” 我答。

“ 他長得挺高的，將近一米九。”

“ 這麼高？打籃球一定吃香。”

" 我們有時會互教對方語言，他教我韓語和英語，我教他普通話。"

" 很好呀！"

" 據我所知，他喜歡可愛型的女孩。"

" 可愛的女孩大家都喜歡……你怎麼一直提你的室友？"

他說他以爲我會對樸彬感興趣，我答不過是照片上見過，搞不好走在路上都認不出來。

" 照片？" 他問。

糟糕！這要如何解釋？

還好時間已經到了六點半，這給我逃脫的藉口。

" 以後再跟你說，我有約會，拜了。" 說完，我起身離開。

第三十章/奇怪的信江

遠遠的，我看到一個威武挺拔的男生站在和平殿堂正門前，他的側臉像大衛雕像一樣俊美，我因此猜他有少許的混血基因，奇怪！照片上倒沒看出來。

我走上前去，他沒注意到我，依舊東張西望。

" An nyeong, oba." 說完，我石化了。

韓語中的"你好"和"早安"都是An nyeong（非敬語），姐姐一直想親口對男神道早安，這個心願反倒由我先完成（雖然我的意思是"你好"）。

" An nyeong." 他對我微笑。

天啊！人怎麼可以好看成這樣？牙齒這麼白、氣質那樣佳、笑容還治癒，簡直是跌落人間的天使……

"Choe gi yo ……" 他喚醒徜徉在另一個世界的我。

我大夢初醒，趕緊用蹩腳的韓語告訴他 Han Eun Hye 不來了。

他果然問爲什麼，我把"不知道"丟給他。

樸彬皺了皺眉頭，拿出手機撥打，也許金佳人施了小伎倆（讓討厭的女生連手機都接不了），他不得不接受現實，轉而謝謝我通知他。

我答不客氣，然後他問起我的名字。

" Kim Wan Wan…… Kim Wan Wan……Kim Wan Wan……" 我一連說了好幾遍，因爲音調没保握好，每一次都有些許差異，以致最後我也搞不清楚到底唸對了没 。

樸彬又笑了，他說我很可愛。

可愛？說的可是我？我感覺自己快樂地想飛起來。

驚喜的還不止此，我看見他從口袋裏掏出兩張音樂劇門票。

" Nei." 我開心地答好。

然後他把票塞給我，揮揮手，走了。

就這樣？我還以爲他會和我一起去看音樂劇呢！

雖然會錯意，但能得到兩張免費的門票也是樂事一件。

我伸手招來一輛出租車，把票上的地址指給司機看，他點一下頭，我立馬上車。

我以爲當晚金佳人會現身，但没有，我樂得讓歌聲在腦中回放，然後一身優雅地走入夢鄉。

隔天一早，信江一臉凝重地跟在我身後跑步，我有個錯覺，好像死神追著我跑。

"媽的，這是花錢找罪受。" 我心想，然後跑向廣藏市場。

廣藏市場很像國內的農貿市場，九點才開市，可見此時商家都忙著進貨，加上走道狹窄，我的闖入顯得突兀，說白了就是欠揍。更慘的是，我一不小心撞上推著魚貨的小車，讓車上的魚和蝦散落一地，沒等大叔開罵，我掏出幾張鈔票熄滅怒火。

大叔叨唸幾句後，給了我一大袋的蟹、虎頭蝦、蛤蜊、香螺、鮑魚……等。

我擺了擺手，表示不要，然後繼續向前跑去。等回到公寓樓下，我才驚覺信江把大叔的海鮮給接收了。

"今晚你可以煮海鮮鍋犒勞自己，就當抵我昨晚夜來香的飯錢。"我說。

"宿舍裏不能開伙。"

"那怎麼辦？你打算賣掉嗎？"

他問我的公寓裏有沒有冰箱？我答當然有。

"那麼這袋海鮮先寄放在妳這兒，晚上六點我準時上門取。"

然後的然後，我拎著海鮮上樓，一臉的莫名奇妙。

上完小屁孩的中文課，回家不到五分鐘，樓下傳來"齊萬萬"的呼喊聲。

我打開窗戶往下看，嚇得汗毛直立。

"我跟樸彬說妳請吃海鮮鍋。"信江解釋。

這是什麼跟什麼？我根本沒請客好嗎？

礙於"男神"在場，我不好意思趕人，只能敞開大門迎接。

"金圓圓，請笑納。"樸彬說完，很恭敬地遞上一打的真露，它是韓國第一品牌燒酒，具有八十多年的歷史，被譽爲韓國的"國酒"。

看來他們打算邊吃海鮮鍋邊飲燒酒，不過我更好奇的是樸彬竟然會說普通話，早知如此，我就不用祭出那拗口的韓語了。

"你的普通話在哪裏學的？"我問樸同學。

"中文……一點點……信江……老師。"

原來信江是老師。

"金圓圓……昨天……教堂……很巧……"

見樸彬提起昨天的會面，我趕緊把話岔開，請他們就坐。那兩人也沒客氣，問都沒問一聲便開了燒酒對飲，忘了那是給我的見面禮。

我搖搖頭，把大號砂鍋找出來，再將海鮮全洗淨，前兩天買的大白菜切成片，等水開，放入火鍋底料及食材……

當我手忙腳亂時，金佳人就在我身邊飄來飄去，我選擇無視。

"妳姐姐呢？"信江哪壺不開提哪壺。

"她……很忙。"我把砂鍋端上桌，自己也坐下。

然後信江向室友翻譯，中英語並用。也難怪，他的韓語和我一樣糟糕。

樸彬應該聽懂了，他問："**Is she cute like you?**"

不需要人翻譯，這個我也懂。

"No, I'm more cute."
一答完，牆上的裝飾畫突然掉落，信江問我怎麼回事？

"沒事，大概掛勾鬆了。"

我站起來把畫拾起，緊接著臥室傳出"碰"的一聲。

"又怎麼了？"信江又問。

"我……我進去瞧瞧！"

一關上臥室門，我找來耳機戴上，河東獅吼聲馬上響起。

"妳也看到了，是他們不請自來。"我壓低聲音答。

"那麼妳爲何說妳比我可愛？"

"拜託！他們又不知道妳是誰。"

"我不管，妳得澄清我比妳可愛。"

我說她太無聊了，連這個也要爭？

"我什麼都没有，而妳擁有了一切，包括美貌、身材、用不完的錢……"

"好了，別說了，我澄清去，妳別再出亂子，讓我好好吃頓飯，可以嗎？"

得到姐姐的承諾，我回到飯桌。

"**Well，in fact my elder sister is more cute than me.**"
我馬上開口澄清，並且意外發現用英語比韓語順暢多了，没白費我花了十幾年的工夫學它。

樸彬問我說的可是真的？那麼改天真的得認識認識。

他的回答不無開玩笑的成份，我不以爲意，但另一個人卻讓我上了心，因爲他的臉部表情像早上一樣凝重。

"你怎麼了？没不舒服吧？"我問。

"没有。"他答，然後摘下耳機塞進褲袋裏。

真奇怪，他怎麼突然戴起耳機？

由於金佳人沒再搗亂，接下來我們有了一個相對平和的晚餐時刻，樸彬還與我互留手機號碼，甚至給了我一個意外的邀約—結伴聽下週的馬克西姆鋼琴演奏會。

" **Nei.** " 我答，開心死了。

我以爲信江也會嚷著參一腳，結果他沉默地望向玄關處的穿衣鏡，一副若有所思的樣子。

第三十一章/有魅力的男人

我戴上耳機上床。

"圓圓，過去一點兒。" 姐姐說。

我的床是一米八寬的加大雙人床，夠我翻來覆去兼打個滾，如今姐姐要我往邊上靠，代表她打算與我長談，因爲除非想 "焚身"，否則人鬼不能有身體上的接觸。

"說吧！"

"妳覺得樸彬怎樣？"

兩天之內，我和樸同學見過兩次面，他是一個非常有魅力的男人，長相有魅力、談吐有魅力、笑起來有魅力⋯⋯好吧！我承認被他吸引住，但我不能這麼答。

"還行，一般般。"

"對我而言，他很不一般，長相有魅力、談吐有魅力、笑起來有魅力⋯⋯我被他深深吸引住。哎！也不知當時是怎麼想的，我總端起架子擺臭臉，如果時光能夠倒流，我鐵定不那麼幹。"

我不苟同，就算她擺笑臉，表現出一副鄰家女孩的親切模樣，也未必能改變什麼，畢竟人與人之間是講緣分的。

金佳人說樸彬肯定對她有感覺，這個絕對錯不了。

"好，錯不了，我想睡了。"說完，我摘下耳機假寐。

本以爲姐姐會繼續煩我，沒想到她默默回到鏡子裏，一切又歸於平靜。

我張開眼睛望向窗外，一輪明月高掛。

"已經十五了嗎？樸彬是否也望著月亮思念某人？"我心想，然後眼光一掃，看到磁性白板上的照片。

當初打包來韓國，什麼紙質照片都沒帶，就只帶上這張油菜花田的照片，後來發現公寓牆上有個對開的磁性白板，我隨手便把照片貼在上面，金佳人還很感動，她說我念舊，又說我是她的好妹妹。

平時我沒多想，今晚不知怎的，照片上的那雙眼睛彷彿直盯著我瞧，讓人好不心煩。

我起床，想把照片取下放進抽屜內，靈光一閃，有了另外的主意。

是這樣的，昨晚樸彬給我兩張音樂劇的門票，一張被我使用了，另一張還留在包內，我想著何不將它派上用場？

想到做到，我後退一步審視自己的勞動成果，油菜花田裏的姐姐被音樂劇門票給覆蓋住，我因此只看到樸彬，他在照片的左上角。

太好了，不是嗎？

我重新回到床上，然後看著那個有魅力的男人，直至眼皮再也撐不住爲止。

～

149

自從給了信江我的舊耳機，他便機不離身，這一天跑完步，我問他都聽哪類型的音樂？

" 我不聽音樂。" 他答。

" 那麼……" 我指著他的耳機。

" 噢！妳說這個，我……我聽電台。"

" 聽電台的什麼節目？"

他支支吾吾半天，然後告訴我這是他的隱私。

" 隱私？電台節目算隱私？"

" 正是，妳有意見嗎？"

我能有什麼意見？總不能明目張膽地挖人隱私吧？！

他很滿意我沒有打破砂鍋，轉而問我是否今晚和樸彬約了聽鋼琴演奏？

我喜滋滋地答没錯，自己還上街買了一條新裙子。

" 那麼祝妳今晚有好的聽覺盛宴。"

" 謝謝！"

" 小心別被鎖在房間內赴不了約。"

" 什……什麼意思？" 我打著哆嗦問。

他給我謎一樣的微笑後，走了。

就因爲信江的奇怪言行，一整天我像夢遊似的，連給金東元上課也心不在焉。

" **Su Wu Ko.**" 那孩子指著桌上的書說。

" 是孫悟空，你想听嗎？老師唸給你聽。"

然後我意興闌珊地開始"唸"書，那潑猴一會兒跟諸神槓上，一會兒又和群魔鬥法，搞得我七昏八素，金東元倒好，在一旁乖乖聽故事，乖乖……

等我發覺不對時，那孩子已經吃完冰箱裏的半盒酒心巧克力。

"金東元，你也幫幫忙，就不能讓我省點心嗎？"我無力地說。

那孩子一臉茫然地看著我。

糟糕！可別喝醉了。

我慌忙打開手機查找兒童喝酒的危害，這一查不得了，原來兒童喝酒不僅會影響智力，還會傷肝傷胃，甚至損害生殖系統……

媽的，這要讓小四知道了，豈不砍死我？

我緊接著查解決辦法，有醫生建議喝白開水稀釋，這無異及時雨，我劍及履及，把金東元抓過來灌水，直到喝完一公升的瓶裝水，這才放開他。

哪知喝完水的熊孩子彷彿歷經九死一生，一副傻呼呼的表情。

我嚇壞了，忙問："金東元，你還好吧？"

等了幾秒鐘，他終於開口："**Su Wu Ko.**"

真是謝天謝地，金東元又回來了。

"好，老師講孫悟空的故事，這次你不可以再跑掉喔！"說完，我把他抱入懷中。

～

樸彬約我晚上七點在和平殿堂見面。

我穿上新買的螢光綠皺褶裙（這是今年的流行元素）搭配白襯衫，自有一股清新淡雅的氣息。

和上次的東張西望不同，樸彬一眼就鎖定我，目不轉睛的。

" Mu sun yi li yi ssi xie yo ？" 我問他怎麼了？

" 妳好飄亮。"

他把漂亮說成"飄亮"，但我聽懂了。

" 哪有？" 我嬌羞地否認，感覺耳根發燙。

他深吸一口氣後，嚴肅地答：" 頭髮、眼睛、鼻子、嘴巴、身體都飄亮。"

我愣了一下，笑得眼淚都出來了。

樸同學問我怎麼了？我揮揮手，催促他趕緊上路。

他隨即拿出一把車鑰匙在我面前晃了晃，原來他已是有車一族，這比坐公共交通工具方便多了。

" Let's go." 我開心地對他說。

第三十二章/巧合嗎？

出門約會前，我做了兩件事，首先是查查今晚的鋼琴演奏家馬克西姆是誰，免得樸彬問起答非所問；另一件則是偷偷打開自家窗戶，我的想法很簡單，萬一被姐姐鎖在家裏，我尚有逃生的管道（雖然我没打算跳樓）。

還好後者的未雨綢繆没用上，證明信江並没有什麼通天本領，不過是開個玩笑而已。

想至此，我釋懷了。最近他的言行有些怪，讓我膽顫心驚，現在看來想多了，一切不過是空穴來風。

回到今天的鋼琴演奏會，首爾藝術中心的獨奏廳座無虛席，我第一次看到穿皮衣的人上台演奏古典音樂，這和我的認知有很大的出入。

演奏結束後，樸彬問我有什麼感想？

" Jeong Mal Dae Dan Hae! " 我答，翻譯成中文就是"太好了"。

他說了一長串韓語，我沒聽懂，於是他改用普通話說，大概的意思是錯音太多、觸鍵手感沒以前強、對曲子的詮釋稍嫌急躁……

即使事先做了功課，但在內行人面前馬上破功。哎！如果小時候家裏沒那麼窮，也許能學個樂器什麼的，也不致於現在評論起來只能用好與壞來區分。

見我沉默，樸彬安慰我每個人的感受不同，見解不一樣很正常。

" 其實我也沒覺得他有多棒，只是習慣好評，還有，我不喜歡他的皮衣。"

等他知道我講的是"皮衣"，笑不可支。

我問怎麼了？他答他以爲我會不喜歡鋼琴家的風格、節奏或其他，結果是"皮衣"，讓他很錯愕。

完了！這就是沒有音樂素養的下場。

我悶悶不樂地道別，連吃宵夜的邀約也拒絕了，看來我對自己很失望，只想快快回家，免得再出糗。

金佳人一連好幾天都不見"鬼"影，也不知忙什麼去。

" 妳姐姐呢 ？" 跑完步，信江問起。

" 我發現你對我姐姐很感興趣，抱歉，她已經有喜歡的人，你沒機會了。"

" 這個喜歡的人該不會是樸彬吧 ？！"

等等，不對，他肯定知道些什麼，否則不會次次都打中要害。

" 信同學，你有什麼話就直說吧！別繞圈子。"

他張嘴停頓幾秒鐘，我以爲他會說出什麼駭人的話，結果……

"其實也没什麼，只是對没見過面的人感到好奇。還有，我強烈懷疑根本没有這麼個人存在，是妳憑空捏造的。"

我舉手發誓姐姐絕對存在，他仍舊一副存疑的表情，没辦法，爲了證明自己没撒謊，我只能衝到樓上取照片。

"原來這就是妳姐姐，長得挺漂亮的。"他說。

"那當然了，她有'小全智賢'的稱號。"

"怎麼這個很像樸彬？"他指著照片左上角問。

"你認錯了，"我把照片收回，"我得回家洗個澡，待會兒學校見。"

上完課，我趕到梨泰院，時間**14:21**，完了，肯定挨罵。

"請進。"開門的不是小四，而是個清秀佳人，普通話說得有些怪。

"我是金東元的中文老師。"

"我知道，方小姐出去了。"

方小姐？小四？

"Nuna，#%/@……"金東元邊說邊向眼前的女子走來。

Nuna? 姐姐？莫非這位就是原配的女兒？

我又仔細觀察一下，没錯，雖然是同父異母，她的臉蛋和身形跟金佳人同款，都有點兒高冷的樣子。

"金東元，上課了。"我對那孩子招手。

大概有姐姐撐腰，金東元膽大包天，不僅對我視若無睹，還兼充耳不聞。

"沒關係，我們聊聊。"高冷女神抱起弟弟坐下來。

我也坐下，以爲她會先開口，結果她只是望著我微笑。

"咳、咳、我叫金圓圓，就讀慶熙大學語學院。"我先自我介紹。

"我叫金世雅，Kim Se-ah，就讀慶熙大學中文MBA藝術經營專業。"

"藝術經營？"

"是的，我對演藝商務感興趣，當然，學校學的不止這些，範圍要大得多。"

我問中文MBA是否使用中文上課？還有，這是幾年學制？

她答的確以中文上課，剛好提升一下她的漢語水平，學制一年半。

"這樣……很好。"我無話找話。

"是很好……我聽方小姐說弟弟有個中文家教，就想過來認識認識。"

"噢……爲什麼？"

然後她告訴我MBA要交報告，她不確定內容有沒有錯誤（譬如錯字或者語句不通），所以想請我指點一下，當然，她會付費。

原來爲了這個，我當下拍胸脯保證沒問題，並且給了她電子郵箱地址。

"太好了，回去我就發郵件給妳。"說完，她起身，此時我們才留意到她懷中的金東元不見了。

我熟門熟路地來到廚房，他果然把另外半盒酒心巧克力也給消滅了。

“金東元，你也幫幫忙，就不能讓我們省點心嗎？”我無力地說。

那孩子一臉茫然。

“糟糕！他會不會喝醉了？”金世雅問。

“沒事，”我把冰箱裏的瓶裝水取出，“我知道怎麼治。”

回到家，我竟然看到久違的金佳人，她就坐在梳妝台前梳頭，整個畫面怪異極了，因爲梳子是實物，鬼是虛，換成別人，肯定嚇死，因爲看到的是一把在空中來回移動的梳子。

“這幾天妳都上哪兒去了？好幾天不見人影。”我放下包說。

“我被關在鏡子裏，哪兒也沒去。”

“被關了？”我坐在床上，“怎麼回事？”

她答她也不清楚，只看到一棟橢圓形建築物擋在面前，怎麼也推不開，直到今天早上才恢復自由身，她即刻穿越到她爸那裏去，發現他那個人呀……

姐姐被關好幾天，大概鬱悶死了，所以話閘子一打開便停不下來，然而此刻我對她父親的興趣不及她被關這件事。

“妳的意思是推不開建築物，同時也無法穿越到別的鏡子？”我問。

“沒錯，好像被活埋了似。”

我答這可不妙，光無聊就能無聊死。

" 誰說不是？對了，那棟建築物上還有一抹口紅印，實在太奇怪了！"

" 妳說……口紅印？"

" 是的，玫紅色，小小一撇，像是不小心畫上去的。"

我的包裏有一支玫紅色的**YSL**口紅，應急用的。

" 也……也許那不是口紅印。" 我說。

" 有此可能，只是看著像，" 她停止梳頭，" 我上樸彬那裏去，今晚不回來了，看，我漂亮嗎？"

梳過頭的姐姐比以前更漂亮。

" 漂亮。" 我心不在焉地答。

得到滿意的答覆後，金佳人化爲一縷白煙消失了。

我把包拿過來，取出裏面的音樂劇門票，正面是時間、地點、座位號、票價等，背面則是劇院外觀，上面的一抹玫紅很礙眼，起因是我在音樂劇中場休息時間內補妝，不小心留下這麼一個印記。

" 這是巧合嗎？" 我望著票發楞。

第三十三章/我的好姐姐

金世雅給我發來她的報告，猛一看，頗有份量的樣子，但禁不起細敲，我不得不從第一個字改起，這絕對不是一個晚上就能搞定的事。

"没關係，妳可以慢慢改，月中才需要交報告。"她在電話裏說。

"月中？"我喊，"現在已經11號了。"

"趕幾個夜班而已，問題不大。"

這也是我感到迷惑之處，韓國年輕人很能熬夜，凌晨兩、三點的東大門熱鬧得宛如北京中午時分的前門大街，不僅小吃攤前圍滿了人，我還見到溜娃的爹媽；辦公樓也一樣，燈火通明。

根據統計，韓國是全球整體睡眠時間（包括午睡、小憩）最少的國家，只有五小時五十五分鐘，而準備高考的學生尤甚，從網絡用語"四當五落"即能體現，意思是一天睡四小時的考生能進理想大學，而睡五小時者落榜，無怪乎咖啡成了國民飲料（比起約飯，韓國人更喜歡在咖啡廳交際、學習，基本每隔幾十米就能見到一間咖啡廳，到了考試週根本没位，因爲裏面擠滿了學生，讓人嘆爲觀止）。

"我……我不熬夜。"我答。

"那怎麼辦？加錢行嗎？"

我很想說俺不缺錢，若不是姐姐慫恿，我可能飛往倫敦或紐約留學，而不是窩在小韓國裏，甚至爲了時薪一萬五的小錢，往返學校與梨泰院之間，就爲了侍候一個三歲少爺。

"加不加錢妳看著辦，我……反正試試。"

"謝謝！妳工作的樣子真棒！"

韓國人請人幫忙絕對不會只說"謝謝"（那顯得誠意不夠），多半還會附上彩虹屁，有句韓國俗語"칭찬은고래도춤추게한다"（一句話可以抵一千兩的債）便是這個道理。如今金世雅說我工作的樣子真棒，這彷彿一道魔咒，讓我心甘情願爲她加開夜班，以致隔天上課哈欠聲連連，休息時間不得不走向投幣機買咖啡喝。

"怎麼了？"信江走過來，"今天早上跑步時妳也精神不濟。"

"没什麼，熬夜熬的。"

"真是好學生。"

他不知道我熬夜是爲了別人，不是爲了自己。

"最近有什麼新鮮事？"我邊喝咖啡邊問。

然後他告訴我明洞的巨無霸冰淇淋足足有32公分長，又告訴我梨大的柚子甜甜圈吃得到柚子皮，而大瓦房的醬蟹現在有買二送一的活動。

"怎麼都是吃的？"

"還有玩的，週末我和樸彬打算到韓屋村逛逛。"

我們的語學院一年分四個學期上課，每學期上課十週，學期和學期間會有兩個禮拜的空檔，現在是11月中旬，代表這週結束後會有個小長假，我正想好好利用，沒料到信江的動作比我還快。

“真好，我也想出外走走。”

“那正好，妳跟我們一起去，樸彬有車。”

“好呀！只是不知道樸同學歡不歡迎。”

“當然歡迎，那天你倆聽完鋼琴演奏會，話沒說幾句，妳便拂袖而去，樸彬還以爲自己說錯話，在宿舍裏反省了好幾天。”

不不不，這不是事實，與其說我“拂袖而去”，倒不如說是“羞愧難當”之下的潛逃。

“樸彬真的反省好幾天？”我問。

“妳在乎？”

“我⋯⋯”

“哈哈！我開玩笑的，他看起來和平常無異。”

我睨了信江一眼，罵他無聊⋯⋯等等，他怎麼知道鋼琴演奏會後我“拂袖而去”？

他回答那晚的鋼琴演奏會他也去了，座位離我們不到三十米。

“爲什麼你沒加入我們？”我接著問。

“我也是臨時起意，因爲想看馬克西姆穿皮衣的樣子。”

我根本不相信他的回答，但還是接受他的週末邀約，畢竟學期一結束馬上有出遊的機會還是挺讓人期待的。

～

連續加班四個晚上，我終於把自己的期末作業及金世雅的報告都趕出來，累得差點兒虛脫。

“謝謝！妳好厲害，讚讚贊！”她在電話裏又吹起彩虹屁。

“没那麼厲害啦！”我只好自謙。

“對了，後天是週六，我們一起出去玩，輕鬆一下。”

想到韓屋村之旅，我婉拒了。

“没關係，祝妳玩得愉快。”

“妳也是。”

按照計劃，晨跑後沐浴及小憩一下，九點鐘出發。

“妳今天跟樸彬去韓屋村。”金佳人問。

洗完澡，我的頭髮還是濕的，姐姐就現身，同時把問句說成直述句，代表她已知情。

“嗯！還有信江。”

“妳每天跑步，體重卻一直没達標，妳不覺得奇怪？”

這是個問句，但我聽出其中責備的意味。

“妳以爲我不想減到98斤？我還巴不得妳趕緊跟歐巴道早安，好……”

“好消失是嗎？虧我們還是結拜姐妹！”

其實我想說的是“好不再煩我”，但這跟“消失”没兩樣。

“妳要這麼想，我也没辦法，但我的確努力了。”

“也許努力得還不夠，妳應該更努力些，我……我也不願逼妳，但我的苦，妳不明瞭。”

聽到前半段，我冒起無名火，但聽完後半段，火被一盆水給澆熄，尤其姐姐梨花帶雨的，讓人好不心疼。

「好啦！除了運動外，我會少吃點兒，爭取在最短時間內見效。」

「圓圓，妳太棒了，就知道妳是我的好妹妹。」

說來很諷刺，每當一次「好妹妹」，代表我又一次妥協。

「没什麼，因爲妳是我的好姐姐。」我苦笑著答。

第三十四章/白襯衫

“齊萬萬～”

聽到信江的呼喊聲，我打開窗戶往下看，第一眼便被駕駛座上的樸彬給吸引住，雖然看到的不過是他擱在駕駛盤上的一隻手臂而已。

“快下來！”信同學向我招手。

“好咧！”

爲了這次出遊，我不僅化上精緻的妝容，而且在鏡子前比較再三，最後才選定寶藍色毛絨短外套搭配黃襯衫，底下是千鳥格半長裙及褐色長筒靴。

韓國女生很著重打扮，認爲不僅能提高自信，也是對他人的尊重，然而只有我心裏清楚，我的猶豫不決爲哪般。

到了樓底，我跟今天的司機打招呼。

“妳今天很飄亮。”他說。

樸彬又把“漂亮”說成“飄亮”，我來不及糾正，信江幫我打開後座，我只好坐進去，這下子樸彬真的成了司機（後排坐著兩位乘客）。

據說北村韓屋村在地鐵3號線安國站附近，我以爲車子會往北開，然而左拐右繞後竟然上了東湖大橋，橋下是河水湍急的漢江。

我往左右兩邊望去，看到數座同樣橫跨江水的大橋，它們有的是行人及汽機車通行的公路橋，有的是天鐵橋，有的是鐵路橋，人車絡繹不絕。

"我們不去韩屋村了嗎？" 我壓低聲音問信江。

"去，只是樸彬得先接個人，聽說住在狎鷗亭洞附近。"

狎鷗亭洞？聽著很耳熟。

過了江，兩旁盡是高樓大廈，無論朝哪個方向，都是琳瑯滿目的整容外科廣告（不是我的韓文精進，而是幾乎每一個廣告牌上除了韓文標識外，還有大大的中文字，有的醫院門口甚至還高掛著中韓兩國國旗）。不用說，這裏就是赫赫有名的韓國整形一條街，那麼樸彬來這裏接誰呢？答案在數分鐘後揭曉。

"是妳！" 我們同時驚叫出聲。

然後我和金世雅同時向同行的兩個大男生解釋我倆的關係，我說普通話，她說韓語。

"好巧！" 信江說。

"€$&*%........." 樸彬說（我猜也是"好巧"之意）。

是真的好巧，原來金世雅兩天前邀我出去玩，竟然同是韓屋村之旅。

"妳住這裏？" 我問金世雅，此時的她已經坐在副駕駛的位置上。

"是的，" 她指向右手邊的豪華大廈，" 我家住在頂樓，是上下兩層複式。"

信江驚歎一句"哇靠"，金世雅問這是什麼意思？

"就是有錢人的意思。"信江看我一眼，"還好我有金圓圓做伴，否則就成了這車裏唯一的窮人。"

信同學拉我抱團取暖，殊不知我是身家兩億的女繼承人。

"你別自慚形穢了，大部份的學生都窮好嗎？"我對他曉以大義。

金世雅認同我的看法，她說她雖然住在豪宅裏，但依舊是窮學生一名，因爲韓國女性的家庭地位普遍低落，她家尤甚。依據她對父親的了解，百年之後的家產絕不會落入她手裏，因爲底下還有個弟弟，他才是繼承人。

"如果……如果弟弟不是弟弟，我是說……如果妳是獨生女兒呢？"

"呵呵！那麼也許還有機會，不過我猜想父親不會讓這種事情發生，即使生不出來，也要抱養一個男的來繼承家業。"

我的媽呀！這不是祖父輩才會有的想法嗎？怎麼現代韓國還有這麼嚴重的歷史包袱？

她答沒辦法，舊思想一代傳承一代，早已爛到骨子裏，如果不是爺爺奶奶老了需要人服侍，她和母親才不會從加拿大回來受罪。

"你們……說什麼？"樸彬問。

糟糕！忘了同車還有一個普通話不佳的"外國人"。

還好金世雅及時翻譯，壞處是接下來涇渭分明，自然而然分爲兩個圈子（普通話圈及韓語圈）。

"看來樸彬被人搶走了。"信江開玩笑地說。

我卻認了真，這可不妙！

～

北村韓屋村坐落在首爾，依山而建，仍然保持著六百年前山牆瓦頂的建築，被譽爲韓國最美麗的村莊。

在這麼古樸的氛圍裏，金世雅和我不約而同換上韓服拍拍拍，信江和樸彬則成了御用攝影師。

“ 你爲什麼不租一套？” 我問信江。

“ 一小時一萬韓元，我寧願飽食一頓。” 他答。

此時金世雅跑過來與我合影，拍完後，她拉樸彬入鏡，我識趣地走開。

“ 現在換妳和信江拍一張。” 金世雅說，並且主動擔任攝影師的角色。

我們站定後，一個穿韓服的小男孩碰巧走過來，被信江逮到當道具。

金世雅拍完後呵呵笑，我問怎麼了？她答我們仨好像在拍全家福。

“ 別亂說！” 我看了一眼樸彬，很害怕他聽懂了，“ 妳也幫我和樸彬照一張吧！”

我留意到當金世雅和樸彬拍照時，兩人的表情極其自然，甚至對著鏡頭一起扮鬼臉，現在換人了，他反倒很拘謹，與我保持一個拳頭的距離。

“ 他怎麼了？是不是不喜歡我？” 我心想，鬱悶極了。

由於韓屋村和景福宮挨著，我們順道又探訪了，據說這是朝鮮半島上最後一個統一王朝（李氏朝鮮）的王宮，也是很多宮廷劇的取景處。

適逢初冬，整個宮殿有點兒寂寥冷清的樣子，像我此刻的心情，因爲樸彬明顯冷落我，反倒與金世雅親近。

“ 他們兩人是怎麼認識的？” 我問信江，眼睛直盯著前面那對談笑風生的背影。

"我也不是很清楚，好像兩人在校園裏偶遇上，樸彬覺得她有點兒像以前的同學，聊著聊著就約了一起出來玩。"

以前的同學？說的可是金佳人？

"新近認識就這麼主動，不太好吧？"我說。

信江問我指誰？樸彬還是金世雅？

"當然是金世雅，女孩子若太隨便，容易讓男生看輕。"

"聽著像在嫉妒。"

嫉妒？我？

"呵呵！小韓國哪有我天朝大氣？我會嫉妒任何人，但絕對不會嫉妒韓國人。"

"是嗎？我原本想告訴妳如何將樸彬拿下。"

雖然我挺想知道的，但擺出一副"愛說不說"的高姿態。

他停頓一會兒後，還是告訴我答案，原來樸彬喜歡穿白襯衫的女孩。

這就對了，金佳人對白襯衫有無可救藥的執著，款式可以不同，但顏色必須全白；再看金世雅，雖然天氣有點兒冷，但仍看得出格子外套下是件白襯衫。反觀我，衣櫃裏雖然也有幾件，但今天挑的卻是黃顏色，樸彬肯定認爲我俗。

"我還以爲是什麼大秘密呢！滿大街都是穿白襯衫的女性，難不成他一個個全喜歡上？"我仍死鴨子嘴硬。

"信不信由妳！"

此時金世雅轉過頭來問我們要不要一起去吃人參雞？天氣冷，吃這個最好。

"好呀！"我和信江異口同聲地答。

第三十五章/第一次換身

我們來到崇禮門附近的人參雞湯百年老店，菜上得很快，熱氣騰騰的。

信江用筷子撕開雞身，原來裏面有寶，塞滿糯米紅棗和一根人參（這也是神奇之處，湯沒有調味，但因爲多了紅棗和人參，喝起來依舊有甜味）。對了，店家還附贈人參酒，每人一小杯。

天氣冷，吃上這麼一碗湯泡飯（韓國人的吃法，凡湯類食物，一律以湯泡飯），的確管飽又暖身。只見他們仨邊吃邊聊，氣氛很是融洽，唯獨我，有點兒食慾不振的樣子，話也說得少。

"圓圓，妳是不是不喜歡吃雞？"金世雅問。

"不是⋯⋯是⋯⋯"

"那麼叫個海鮮餅或泡菜餅吧！"

"不⋯⋯不用了⋯⋯我腸胃不好⋯⋯"

金世雅緊接著提議到附近藥店買消食片，還讓在座的男士效勞。

"真的不用了，我……我喝湯，這湯真好喝。"說完，我舀了一大碗湯，滿到快溢出來。

其實我哪裏不喜歡吃雞？看到燉到軟爛的童子雞，我恨不得連骨頭也啃了，無奈金佳人就站在邊上，我頓時沒了胃口，因爲今天早上才承諾自己會少吃點兒，爭取在最短時間內減到98斤，如果此刻大快朵頤，豈不自打嘴巴？

姐姐很滿意我的表現，注意力很快從我身上轉移到樸彬身上，她飄向他，近到只差"耳鬢廝磨"。

由於我太專注金佳人的一舉一動，以致忘了周邊人，當他們討論還是替我買消食片，並由樸彬跑腿時，我無動於衷，等意識到事情的嚴重性時爲時已晚，樸彬痛苦地哀叫一聲，臉像著了火似。

我衝到櫃檯要冰塊，用布包裹後，將之捂在受害者的左臉頰（雖然金佳人的右臉同樣火燒了似，但我愛莫難助，只能先救活人）。

幾分鐘後，樸彬向我道謝，說他好多了，但事情並沒有結束，因爲金世雅跟店經理吵了起來（大概將事故推給店家擔責），越吵越兇，把警察叔叔都給找來了。

"算了吧！人没事就好。"混亂當中，我見縫插針表達自己的看法，心裏很對不起店家。

"怎能說算就算？我猜想這家店可能哪裏漏電，若不揭發出來，還會有下一個受害者。"金世雅氣憤地說。

後來還是在警察調解下，加上店經理同意免單，雙方偃兵息甲。

出了意外，我們的心情都欠佳，飯後一起K歌的計劃也想當然爾地取消，我因此比預定時間早了好幾個鐘頭回到家，此時金佳人已經在屋裏等我。

"**No zuo no die.** 這下子連樸彬也焚身了。"我没好氣地說。

"又不是故意的，我自己也痛苦得要死好嗎？"

"店家真可憐，無故背鍋。"

"金圓圓，"她揚起聲，"妳到底要抱怨到什麼時候？都說了我不是故意的。"

我遂噤聲，不再數落。

見我冷靜下來，金佳人來軟的，問我能不能幫她一個小忙？

我問有多小？她答能不能借我的身體用用？反正接下來我有兩個星期的長假，不用趕著上課，她可以利用這個空檔重當學生，這也是當初我們說好的。

姐姐的確提過她想過過大學生活，畢竟她只有高中肄業，而樸彬已是大學生，這不無遺憾。

"妳也知道語學院放假兩個禮拜，少了學生和老師，妳如何上課？"我問。

"語學院不上課，但本科生還在上，我可以溜進去當旁聽生。"

根據她的計劃，她以我的"本尊"樣貌上課（畢竟我還沒減到她的理想體重98斤，這有損她的形象），兩個禮拜後我們再換回來。

"兩個禮拜？"我喊，"不可能！每天幾小時還差不多。"

"我的好妹妹，我就想嘗試完整的大學生活，譬如課後和同學壓壓馬路、夜裏趕作業、甚至躺在床上睡個好覺等，這是我夢寐以求的事，妳能理解嗎？"

我當然理解，但我不像她，可以在鏡子間來回穿梭，如果什麼事都不做地待在同一個地方，一個小時就能把我逼瘋，何況兩個禮拜。

她想了想，同意我說的不無道理，於是給了一個解決方案。

“妳確定可行？”我問。

“絕對沒問題，我甚至還能將冰箱塞滿食物、書架裝滿妳想看的書，甚至給妳的手遊充值。”

就這樣，我相信了她，並且同意當下換身，然後她指示我到廚房取來水果刀。

“只要見血就可以，不需要血淋淋的，對吧？”我不放心地一問。

“沒錯，但必須在五秒內交換完畢，還有，妳的身體需要放鬆，否則會有灼痛感。”

她不說則已，一說我更緊張了，姐姐只好又使出渾身解數寬慰我。

“妳確定會在新學期開始的前一晚換回來？”

“肯定的，最晚午夜12點前一定換。”

看著金佳人堅定的眼神，再想到平日她對我種種的好，咬咬牙，我在左手小指上劃下一刀……

第三十六章/得了便宜還賣乖

不過一眨眼的工夫，姐姐不見了。

"金佳人？"我喊。

沒有回應。

我走向窗口，戶外本應該車水馬龍，然而我看到的是奧黛麗・赫本的肖像海報、白色雙人床、歐式鐵藝吊燈、三門衣櫃……

天哪！我和金佳人真的換身了，而囚禁我的正是臥室梳妝台上的鏡子。

"金佳人～"我喊。

依舊沒有回應。

我推了推窗戶，果然打不開。

"金佳人～"我再度喊，然後拍打窗戶。

此刻姐姐終於以我的形像出現（代表拍打窗戶能引來注意），太好了，我沒有被遺棄。緊接著我看見她的嘴巴一張一閣，聲音愣是聽不見，即使找來耳機也沒用，我們失去了可以溝通的管道，這可怎麼辦？

還好金佳人腦筋動得快，她找來紙筆，寫下：妳好嗎？好就敲一下，不好就敲兩下。

我本來想敲一下，但最後敲兩下，因爲被關在鏡子裏實在不好受。

姐姐又刷刷刷地寫，由於中文書寫能力欠佳，其中不乏錯字，這次是：妳放心，兩個禮拜後一定換回來。難於我們有勾通上的困難，所以沒事請別敲鏡子，讓我好好亨受這難得的幸福時光。

頓時，一群草泥馬在眼前奔騰而過，這不是現代女版陳世美嗎？噢！不，形容錯誤，應該說是過河拆橋、上樹拔梯、恩將仇報的……白眼狼！

金佳人沒察覺到我的不悅，仍笑嘻嘻地對我比個心，我氣得差點兒吐血，但能奈她何？

接下來的日子，我陷入"吃飽睡、睡飽吃"的模式，當漫畫、電視節目、手遊都不再吸引人，我會做做瑜伽或冥想，甚至把學校功課拿出來複習或預習，貌似適應得很好，其實無聊透頂，不諱言地說，現在的生活樂趣就只剩下……偷窺。

金佳人照例晨跑，大汗淋漓回家後洗個澡再出門，然後一直要到夜裏十點以後才進門，作息時間相當固定，但我還是發現有什麼不對勁，譬如她開始化起嚇死人的煙熏妝，服裝搭配也很另類（說白了就是不良少女風），而今晚更過份，當她卸妝時，我竟然發現自己的脖子上有個巴掌大的蜘蛛紋身，這一驚非同小可，我立即把窗戶拍得劈啪響。

姐姐倒很冷靜，等卸妝完畢才找來紙筆，寫下：那是**sticker**，過幾天就沒了。

即使是貼紙，我也不願自己淪爲太妹，她這是在作賤我，是可忍孰不可忍？我又拍打窗戶表達憤怒。

這次她選擇耳聾，換上睡衣後上床，對我採不聞不問的姿態。我氣得詛咒她的祖宗八代，她翻了個身背對我，讓我結結實實吃了個"啞巴虧"。

就這麼盼星星盼月亮的，終於熬到約定日，想著終於能要回自己的身體，一整天我都處於亢奮狀態，然而……

時間一分一秒地過去，**23:30**、**23:45**、**23:51**……姐姐還是沒回來，她哪裏去了？會不會從此消失？我怎麼辦？完了！我就要在這個五十平米不到的空間裏了此一生……

想至此，我百感交集，傷心難過、憤怒自責、怨天尤人……已不在話下，還好**23:59**時我看到提刀過來的姐姐，她面對鏡子毫不猶豫地劃下一刀。

不過一眨眼的工夫，我回到了現實，耳中傳來稀稀落落的雨聲。我走過去將窗戶打開，絲絲細雨立即飄了進來，啊！我愛極了這濕冷的觸覺及清新的味道，只有失去過才懂得珍惜。

感傷完畢，我關上窗戶，通過玻璃窗上的反射，我發現金佳人已坐在梳妝台前，她的臉色蒼白，一副生病的樣子。

戴上耳機，我正想好好質問她一番，話還沒說出口，她搶先一步提醒："妳的手需要止血。"

我這才注意到地板上血跡斑斑。

媽的，什麼地方不好割，她竟然割我手腕？

我找來創可貼，但那玩意兒根本不管用。

"對不起，我用力過猛，妳得上醫院，要不要我幫妳叫輛出租車？"姐姐問。

我瞪她一眼，拿塊乾淨的布捂住傷口後，直衝樓下攔車。

「妳的手怎麼了？」跑完步，信江問我。

「沒什麼，不小心劃破。」

「妳該不會自殺了吧？」

自殺？呵呵！怎麼可能？我從未像此時此刻如此這般珍愛生命。

他答那就好，過去幾天我的舉止行爲有些怪，他不免擔心。

我問哪裏怪？他欲言又止，我心中有了不祥的預感，但仍佯裝鎮定。

「那麼待會兒學校見。」說完，我轉身回到屋內。

本來想責問金佳人都幹了哪些壞事？奈何她遲遲未現身，我只好上學去。一到校，立馬有事不對勁，因爲我接收到許多男生的曖昧眼神，就是那種……你懂的。

等下午一點的鐘聲響起，我立馬跑回家，還好那個賤人在家。

「過去兩個禮拜，妳利用我做了什麼好事？」我怒氣沖沖地問。

「好事？沒做好事，倒是做了以前不敢做的事。」

我打了個寒顫，可別……我還是處女呢！

金佳人聽完哈哈大笑，她說我想歪了，不過是撩一撩男生，等上鈎了再一腳踢開。

什麼？！她怎能這樣破壞我的名譽？我怒不可遏。

姐姐說我又想多了，她不過是言語上的挑逗，連手都沒讓碰。

「我不管，妳得賠償我的損失。」

「妳要什麼？」

這還真不好作答，我要的是逝去的時光，偏偏她給不了。

"我要妳交待過去的行踪，巨細靡遺。"我說。

於是我知道金佳人以我的名義多次上她父親的診所做整形諮詢，就爲了看一看始亂終棄的男人過得好不好。還有，她蹭遍慶熙大學所有本科一年級的課程，也撩遍所有對"我"感興趣的男生，唯獨沒去酒店觀光學院當旁聽生，因爲怕遇上樸彬。

我問這不是很奇怪？好不容易得了個良機卻錯失了，怎麼都說不通，不是嗎？

"因爲我……我怕……怕樸彬喜歡上妳。"她答。

"妳……妳……哎！"

除了嘆息，我還能說什麼？

"實話告訴妳，我認爲信江很適合妳，人實在，也不會隨便對女生揩油，妳不妨考慮考慮他。"

揩油？我問姐姐對他做了什麼？

"也没什麼，我邀他出來喝酒，然後佯裝喝醉，結果他背我回家後離開，什麼壞事都没做，像他這麼老實的男人現在已不多見，妳可別錯過了。"

我很氣金佳人得了便宜還賣乖，心中想著也要"以其人之道還治其人之身"，只是一時還没有一個清晰的計劃。

"嘟……嘟嘟……"手機響了，我接聽。

"金老師，已經兩點二十分了，妳在哪裏？"

聽到小四的聲音，我憶起自己的家教課。

"對不起，馬上到。"說完，我衝出門外。

第三十七章/頭疼的小四

我坐出租車趕往梨泰院，即使火急火燎，也是半小時以後的事。

"金老師……"

"我知道，對不起，"我深深一鞠躬，"下次不會再犯。"

"遲到的事先放一邊，今天我要和表哥見面，他好不容易來韓國一趟，想見見東元，妳也一起，省得以後先生問起不好解釋。"

表哥？應該說是孩子的爹吧？！

"好，沒問題。"我答。

我以爲見面的場地會選擇附近餐廳，結果竟然是首爾近郊京畿道的光明洞窟。

由於入場券附有一本中文簡介，我因而知道這裏原本是個富含金、銀、銅礦的礦山，1972年閉礦後曾作爲儲存蝦醬的倉庫，直至2011年才搖身一變成爲集工業遺產和文化價值爲一體的主題公園，洞窟內不僅有海底世界、黃金瀑布、黃金路、黃金宮殿、恐怖體驗館、地下湖、巨龍雕塑、**LED**光空間等**20**多個觀覽項目，還設有可品嚐紅酒的酒窖。

起初我並不明白這個會面安排，後來才恍然大悟，小朋友的定性差，能安靜個五分鐘算奇蹟，"父子會"後，我的工作便自然而然成了保姆，帶著魔童到處逛（還好洞窟內的流光溢彩很吸引小朋友），這恰好給了那對名義上的表兄妹充份的時間和空間密談，連我都好奇他們究竟談了些什麼。

講到我的小祖宗，如果一般小朋友體內植入的是**7**號電池，那麼金東元裝的便是**1**號電池，充一次電可以使用很久。瞧！我這邊已經沒電，他那邊還生氣蓬勃著。

" 金東元，" 我抓住他，" 能別跑嗎？老師累了，跑不動。"

然而那小子一點兒也不體諒我"年老力衰"，用力掙脫後又向前跑去，我不得不在後面追趕。

這個洞窟其實跟迷宮差不多，繞一繞很可能又會回到"來時路"，等我逮到金東元，離那對男女已經很近很近，他們正躲在某個角落講悄悄話，我不得不捂住那小子的嘴巴，好偷聽他們講些什麼。

" 不行，我怕。"

" 我也怕，但我做的一切都是爲了妳和孩子，相信我，我們會是幸福的三口之家。"

" 你說十號晚上？"

" 嗯！後門別上鎖，其他妳別管。"

" 可是……"

．．．

我抱住懷中的孩子往相反方向跑去，直到來到"安全地帶"，我才憤而將他扔在地上。

"金東元！你是哪吒轉世嗎？"我把有一排咬痕的虎口展示給他看，"這是誰咬的？"

他一副無辜的表情，讓人很難相信他是惡魔，反倒我的粗魯表現引來不友善的目光，遊客肯定以爲我在虐童，我只好換上"慈母"臉孔，把施暴者摟在懷裏又親又抱，這才化解一場危機。

離開洞窟後，小四忽然想起得籠絡我（也許將來還需要我作證），遂問我想吃什麼？

然後我們四人去吃了一頓"一言難盡"的韓國烤肉，原因是金東元把他的小手放在熱騰騰的烤盤上，隨後發出凄慘的叫聲，那對年輕父母被嚇得汗毛豎起，肉不烤了，直奔醫院。我本來也想跟去，無奈被店家攔下結賬，既然橫豎都得付錢，加上即使跟到醫院也無濟於事，我索性坐下來把剩下的肉都烤完，而且一個不剩地全進了五臟廟。

"妳說十號晚上？"金佳人問。

"没錯。"

"嗯……"

姐姐陷入沉思，代表她正在做沙盤推演。

"妳該不會想把那對姦夫淫婦送進牢裏吧？"我問。

"送是一定要送，問題是怎麼送？還有，金東元雖不是我的親弟弟，但被送到福利院也可憐。"

"放心，他還有個姥姥住在延邊。"

話一說完，我馬上後悔，這不是落井下石嗎？

"其實把姦夫送進牢籠即可，"我趕緊補救，"小四看著也還行，對妳爸唯命是從，現在這種家庭主婦很難找了。"

"講到唯命是從，我媽不也是？看看她的下場就知道我爸根本不是個東西！"

我一時迷糊，和小四比，金佳人彷彿更恨她的父親，既然如此，又何必救他？

她答這也是她糾結之處，一邊恨他一邊還愛著他，但無論如何，小四和拖油瓶一定得走，若不是這兩人，她和母親還能保持表面的和諧，不致魚死網破。

"隨便妳，但可別見血，我怕。"我答。

今天是十號，我和金東元正忙著砌樂高城牆，但不表示我沒被其他事情影響到，這可不，小四在屋裏來回走動，一副無頭蒼蠅的樣子。其間她打了好幾通電話，雖然壓低聲音說話，但我還是從隻字片語中了解到她想中止計劃，然而姦夫不同意，還威脅她若不照辦就有苦頭吃……

"金太太……金太太……金太太……"

我喊了三聲，小四才猛然驚醒，問我有什麼事？

"金東元想吃巧克力，可以嗎？"

"吃，儲物櫃裏有，"她指了個方向，"妳去拿。"

我往屋後走去，原來那裏有一整牆的食品儲物櫃，不外一些乾貨。我找了半天，只找到巧克力餅乾，看來只能濫竽充數。

當我把儲物櫃的門關上，意外發現洗衣房就在隔壁，而且通向後門，上面的鎖是防盜智能型。換言之，如果沒有裏應外合，想從後門破入只能砸窗或砸門，這無異自找麻煩，因爲金家的門窗皆有特殊裝置，一經破壞，保安室立即收到警訊。

「一步天堂一步地獄，看來小四要頭疼了。」我心想。

第三十八章/金爸爸

金佳人已經許久未曾在我跑步時出現，今天大概急於告訴我結果，當我跑步經過**Issaac Toast**（韓國有名的早餐連鎖店）時，她出現了。

" 告訴妳，小四的 …… 男朋友被抓時還一副莫名其妙的樣子。"

" 妳做了什麼？"

" 我把他鎖在洗衣房內，當保安連同警察趕到時，他謊稱只想偷竊，但無法對身上的藍波刀做出解釋。至於小四……她佯裝鎮定，可惜被自己的兒子給出賣了，金東元那傻小子衝著'小偷'喊爸爸，我爸氣炸了，當場表示要做親子鑑定，即使小四跪在地上苦苦哀求也沒用。"

" 真慘，看來我的家教工作保不住了。"

" 那肯定的，反正妳又不缺錢。"

我們拉拉雜雜談著瑣事，直到看到某個路人對我行注目禮，我才猛然覺醒自己又在大馬路上"自言自語"，這可不得了，趕緊趕走姐姐，總算又回歸清靜。

當我跑回公寓樓下，信江問我下午有什麼節目？

「沒什麼節目，我把僱主炒了。」我無所謂地答。

「那麼出來慶祝一下。」他說。

想想也對，這陣子被金東元折磨得人不人、鬼不鬼，好不容易解脫了，是該慶祝一下。

「好，怎麼慶祝？」

「跟著我就是。」

結果下午我們來到明洞的實彈射擊體驗館，四萬元打十發，有一百多把槍可選。我選了一把看起來很酷的銀色左輪手槍，在教練的指導下，穿好防彈衣再戴上耳機和護目鏡，然後開始生平第一次的實彈射擊。

該怎麼形容呢？子彈離開槍口發出的聲音很響，後坐力也大，每打一槍都心驚膽顫，害怕子彈會反射，有種大腦即將爆漿的生死快感。

信江打完十發便叫停，我則上了癮，又多買了五十發子彈，直到耳朵快震聾了才放棄，也不知還剩下多少發，反正不打了。

離開射擊體驗館，我開啟買買買的模式，在明洞這個購物商圈不僅買了衣服、化妝品、鞋、包、沐浴用品，還到蘋果店買了**Apple Watch Edition**五代，它比四代的功能好，容量也增加到**32G**，同時多了國際緊急電話裝置（多達**150**多個國家）。

「不買了，」我眉開眼笑，「謝謝你幫我提那麼多東西，現在我請你吃好吃的。」

「別提請客，這些都是代購品，妳就靠這點兒跑腿費過活，不是嗎？」

聽完，我的笑容沒了，這是啪啪啪打臉。

" 其實⋯⋯"

" 我肚子餓了，特別想吃路邊攤，妳不介意吧？" 他問。

" 當然不介意。"

於是我們來到美食街，一路吃過去，雞蛋糕、米腸、海螺串、葷雜燴、關東煮⋯⋯

他沒再提代購的事，我也裝傻，彼此心照不宣地度過下半夜。

很明顯，信江知道我不是窮女孩，好處是從此我不用再偽裝，壞處是他彷彿和我拉開了距離，自從吃過明洞的路邊攤後，除了每天的晨跑，我們不再約著見面，這讓我很受傷。

" 妳是不是喜歡上他了？" 金佳人問。

" 哪有？大概是被制約了，一旦習慣不再是習慣，難免不自在。"

" 那麼要不要換個陪跑教練？"

我問爲什麼？她答因爲我的體重一直上下浮動五百克，這個結果讓人挺氣餒的，還是換個人試試。

姐姐不知道根本原因出在我身上，與信江無關，即使換人也無濟於事，因爲我壓根兒不想減到98斤。

你問爲什麼？好，讓我來捋一捋。

金佳人一直期待我減到理想體重，她好借用我的軀體去會男神，一旦見了，不外兩種情況，一是樸彬對她意難忘，從此心心念念；二是那塊木頭沒什麼反應，像日出日落一樣自然。如果是前者，姐姐就此收手的機率一半一半；如果是後者，她不傷心死了？意思是能迎來圓滿大結局的可能性只有1/4，我又何必下賭注？至於她時刻留在我身邊這件事（沒完成心願必然的結果）……雖然有時挺煩人，但大部份的時間我是快樂的。

總歸一句，我還沒想好，所以姑且維持現狀。

「別換教練，信江是個窮學生，他就靠這份微薄的打工薪水度日。」我說。

「既然這樣，我們的口頭協議得稍做調整，畢竟這樣沒日沒夜地等待不啻一種折磨，我也需要娛樂。」

「什麼意思？」

然後她提議每週有一整天空出來給她，基於我還是學生，她不想耽誤我學習，所以週六給她正好。

「妳是說每逢週六我們換身，好讓妳出去 **Happy?**」我問。

「沒錯，我要求的不多。」

No way! 每換一次身代表我得多挨一刀，還有，人生的黃金時期就那麼幾年，我可不願拿來與人分享。

姐姐答我好歹只痛苦個幾秒鐘，她不一樣，做回自己後，五臟六腑彷彿被碾壓過，她的疼痛絕對超過我，但她仍想過過現實生活，即使坑坑巴巴，在所不惜。

「妳想我不想，哪有這麼勉強人的？妳也太自私了！」

金佳人沉默一會兒後，走了（我的意思是她什麼話都沒說，就這麼消失得無影無蹤）。

「走就走，我還求妳不成？」我心想。

～

老師一說下禮拜見，信江立即拿包走人，彷彿多待一秒鐘都是罪過。哎！原本我想邀他一起去三清洞吃麵片湯，看來今天只能獨自前往。

沒想到還沒走出學校大門，我意外碰上金佳人的父親。

" An nyeong ha sei yo." 我向他問好。

金爸爸看見我很驚訝，問我爲什麼在這裏？

我用不流利的韓語解釋我是這所大學語學院的學生，他恍然大悟，接著告訴我今日他應母校邀請前來演講，現在正飢腸轆轆，不知附近有沒有什麼美食？（這麼一大段話是我猜的，應該八九不離十。）

說到學校附近的美食，那多了去，百麗家的炸雞、喜來稀的烤肉、元祖奶奶家的豬蹄、光州會館的拌飯……當然，這些我都表達不出來，因爲我的韓語不夠好，只能把手機地圖找出來，這邊指指，那邊指指，也不知他意會了沒？

金爸爸對我笑了笑，拿出自己的手機，操作一番後，他要我對著手機說普通話。

" 那個 …… 附近吃的很多，就看想吃什麼？" 我對著手機說話。

他讀完語音翻譯，緊接著說韓語，藉著翻譯軟件的幫助，我因而知道他說的是：都好，妳吃什麼，我吃什麼。

這是邀請我共進午餐的意思嗎？

我告訴他，我本來想吃三清洞的麵片湯。

" 走，我有車。" 他的手機屏幕顯示著。

第三十九章/跑得了和尚跑不了廟

三清洞是首爾的特色文化街區，它位於景福宮和昌德宮之間，北側爲青瓦台，南側與仁寺洞相連，自古因自然景觀秀美（山清、水秀、人靈），被稱爲"三清"洞。現如今，它成了首爾的觀光景點，與其他商業街區不同的是這裏少了繁華與喧囂，反而將傳統與時尚巧妙結合在一起，有種"舊瓶裝新酒"的趣味，散發不可言喻的獨特魅力。

今日我想光顧的餐廳就位於三清洞，是當地著名的美食店，主打麵片湯（有點兒像中國的麵疙瘩湯），口味很清淡，上面還灑了海苔碎，搭配小菜很是對味。

" Masjoh-eun?" 金爸爸問。

我答好吃。

他接著情境教學，教我麵片湯的韓語是**sujebi**，部隊火鍋是**budaejjigae**，紫菜包飯是**gimbab**，石鍋拌飯是**dolsot bibimbab**，冷麵是**naengmyeon**。

我牙牙學語，他笑得很開心（雖然我不知道有什麼好笑的），然後他要求我教他一些中國食物的講法。

老實說，金爸爸的發音很正確，不需要我特別糾正，我猜這與他的二老婆、三老婆皆是中國人不無關係。

"贊！"我比出大姆指。

他肯定聽懂，因爲韓語"贊"的發音和普通話很接近。

沒想到他摸摸我鼻尖，同樣比出大姆指，說："**Jjang.**"

呃！這是什麼意思？

"**#@$&%*……**"他吐出一長串說明。

可惜我只能傻笑。

於是翻譯軟件又出場了，我得以知道自己的鼻子在這位整形聖手眼裏已臻完美，不需要隆鼻。

我擺擺手，表示自己沒打算隆鼻。

金爸爸一頭霧水，問我難道不是因爲這件事三度上他的整形醫院諮詢？

我驀地想起姐姐曾借用我的軀體多次上她父親的診所，就爲了看一看始亂終棄的男人過得好不好。

"**Nei.Nei.Nei.**"我趕緊點頭如搗蒜。

金爸爸這才放下心來，接著問我的家庭狀況。我做簡短回答（當然隱去我的兩億身家），沒想到他進一步問我結婚了沒？得知我尚待字閨中後，不知怎的，他的臉上浮現神秘的笑容。

這次換我問，當他聽到小四及金東元的名字時，立馬表示那對母子已經回到中國，以後不要再提，同時告訴我，他仍然住在梨泰院的別墅裏，有空我可以過來和他喝杯小酒。

當看到手機屏幕上的中文翻譯，我怔住了，這是什麼跟什麼？

我提醒他，金太太若知道我趁著她不在上門，恐怕不會高興。

"別理她，她會待在中國很久很久。"他用翻譯軟件回答我。

老男人溫柔起來很可怕。

自從吃過一次飯並且要走我的手機號碼後，金爸爸時不時給我發短信，諸如：早餐吃了沒？生活上有沒有需要幫忙的地方？天氣冷，記得多加件衣服……

我告訴他，我已經18歲，懂得自己照顧自己。

他回覆我小姑娘就需要人疼，尤其離家那麼遠，父母不擔心死了？

如果把他當作一般的老男人，這樣的對話不免讓人噁心到想吐，但若把他當成朋友的父親，好像也說得過去。

我陷入"剪不斷，理還亂"當中。

本來想告訴金佳人這件不尋常的事，但她一直沒現身，我也不願示弱，彼此就這麼僵著。

沒想到姐姐沒出現，姐姐的姐姐倒出現了，金世雅約我週末到江原道滑雪。

"可是我不會滑雪。"我說。

"沒關係，度假村提供初學者課程。"她答。

我才知道她打算到近年韓國年輕人最喜歡的大明維瓦爾第度假村滑雪，住一晚，週日晚上回。

"就妳和我？"我問。

“還有樸彬，本來也邀了信江，但他表示最近很忙，不去。”

我也留意到信同學忙碌有好一陣子，也不知在忙些什麼。

“好，幾點？”

“星期六早上九點，樸彬會開車過來接妳。”

星期五晚上，幾天不見踪影的金佳人終於現身。

“妳明天去滑雪？”

“嗯！”

“我也好想體驗滑雪的快感。”

“妳不能。”

“圓圓～”

“不行！”

“好妹妹～”

“還是不行。”

我們就這麼重複對話，直到我再也受不了。

“聽著，這不是一天之旅，而是兩天，我的損失太大了。”

金佳人答這個好解決，她去一天，我去一天，皆大歡喜。

“可是……”

“我發誓，從今晚午夜到明晚午夜，若多耽擱一分鐘，我不得好死！”

看姐姐連毒誓都發了，我還能怎樣？

"就知道妳是我的好妹妹。"她笑嘻嘻地答。

又被關進鏡子裏，我唉聲嘆氣一整天，還好金佳人沒食言，準時回家。

"妳動作快點兒，出租車司機還在樓下等。"她答，表情非常痛苦。

"妳這叫自作自受。"

"沒有痛苦，哪來的快樂？"她捂著肚子，"妳還是趕緊下去，老先生的脾氣不太好。"

果然出租車司機很粗魯，拉拉雜雜地數落著，大概不滿意我浪費他的時間。我看了一眼計價器，上面顯示13萬多，即使夜間加收20%，來回也不會超過35萬。我給了他七張黃色票子，老先生不再抱怨。

到了度假村，我才想起忘問房號了，偏偏耳機留在家裏，附近也沒鏡子，我只能不恥下問。

"妳的房號是1503。"那個會說普通話的前台服務員答。

"我……我忘帶鑰匙了。"

"有護照嗎？"

"在房間內……我猜。"

看服務員拿起話筒，我問他想幹嘛？

"打電話給1503核實妳的身份。"

我忙阻止，回答不想吵醒朋友，自己可以待在大廳內直到天亮。

「 恐怕不行，**Sorry.**」他不假辭色。

可想而知，當樸彬打開房門時會有多吃驚！

情急之下，我解釋自己到外面走走。

「 **Wae?**」他果然問爲什麽。

「 **Geugeos-eun tteugeobda……naneun jam-eul jal suga eobs-eo.**」

樸彬對於"很熱，所以睡不著"的藉口（也不知韓語說對了沒？）好像很迷惑的樣子，但他没追問，我樂得躲回房間內，殊不知跑得了和尚跑不了廟，另一人正等著審問我。

第四十章/Oh no!

整個1503舖的是地熱地板，剛剛看到樸彬在客廳裏打地舖，我以爲自己也難逃厄運，沒想到房間內有兩張床，就是那種睡單人嫌大，睡雙人嫌小的尷尬尺寸（難怪樸彬要把床讓給女士，自己到客廳打地舖）。

"妳去哪裏了？"金世雅問。

"很熱，所以出外走走。"

"很熱？"她一副難以置信的模樣，"水呢？"

"什麼水？"

然後我知道"我"說要到地下一層的超市買水，結果直到現在才進門，前後花了約四個小時。

"噢！那個……水……水……超市沒水了，我就出外走走，沒想到走那麼久了，呵呵！"

她問我那麼晚了，難道不怕？

我答不怕，因爲有保安。

她沉默一會兒後，要我趕緊就寢，離天亮只剩不到五小時。

說的對，我立馬換上睡衣。

～

隔天，我們到**B1**的餐廳吃早餐，原來地下一層別有洞天，不僅有餐廳，還有超市、遊樂場、藥房、繪本館、保齡球館、卡丁車、練歌房、汗蒸室等。當行經超市，我快步走開，對堆在店門口的成堆瓶裝水視若無睹，同時祈禱金世雅別起疑心才好。

吃完早餐，我們走向滑雪場買票及租裝備，貌似他們昨天已經來過，熟門熟路的，我可慘了，連裝備都不知怎麼穿戴，樸彬主動過來幫忙。

"妳很柯愛。"

他把可愛說成"柯愛"，但我聽懂了，問他爲什麼這麼說？

通過中韓英三國語言的切換，我終於搞懂昨天的"我"是個滑雪高手，他和金世雅只能自愧弗如；今日的我卻像隻菜鳥，連滑雪靴都不知怎麼穿……

我張口結舌，這個金佳人想害死我不成？穿上滑雪靴的我連走路都困難，如何耍帥？

"哎喲！"我摀著肚子喊胃疼。

樸彬對突發狀況感到無所適從，還是金世雅腦筋轉得快，她要樸彬到藥房買藥。

人一走，金世雅幫我把滑雪靴給脫了。

我向她道謝，她冷漠地說我不需要這樣。

"哪樣？"我問。

她答一開始我告訴她是滑雪新手，害她事先幫我報了入門課程，結果滑得比誰都好，今天又搖身一變成了連滑雪靴都不知道怎麼穿的初學者，不帶這麼玩的，顯得**Low**。

我真是啞巴吃黃連。

"對不起，給妳帶來麻煩了。"我又捂著肚子，同時露出痛苦的表情，"今天我……胃疼，你們二位滑，我不滑了。"

結果樸彬送來胃藥後，那兩人真的聯袂滑雪去，只有我，面對白雪皚皚的滑雪道無限感慨。

退房後，金世雅表示累了，想回家。雖然我無聊了一整天，很想上**KTV**飆歌或到酒吧喝兩杯，但沒說反對的話，如果不是在路上遇到信江，這場滑雪之旅大概就會這麼悄然結束。

"你怎麼在這裏？"金世雅問那人，她的位置最靠近加油站的加油機。

信江一臉驚訝，當得知我們剛滑完雪回來，恍然大悟，回答若不是爲了五斗米，他也會跟著一起去。

"你打黑工？"我接著問，就我所知他拿的也是**D-4**簽證，不允許打工。

"可不是？正因如此，老闆給我的時薪比最低標準還少一千。"

趁著金世雅在給樸彬做同步翻譯，我問信同學怎麼整個加油站只有他一人？

他回答本來加油站有三名員工，被老闆氣走兩位後，現在他一人抵三人用，苦不堪言。

"我來幫你吧！"我說。

"不用，天氣冷，妳還是趕緊回家。"

我哪肯，自己多喝了咖啡，正精神奕奕著，不找點兒事做，今晚肯定失眠。

樸彬和金世雅一聽說我要下車幫忙，很是訝異。

"我没事，你們走，**Go.Go.Go.**" 我催促著。

樸彬本來也想留下來幫忙，但金世雅再次表明她累了，於是那個好男人把脖子上的圍巾取下遞給我，同時叮嚀我注意保暖。

"**Gamsahabnida.**" 我道謝，心裏很感動。

車子走遠後，信江教我怎麼使用加油槍，原來挺簡單的，我很快就上手。

當没有加油的客人時，我們兩人會躲進附設的便利店裏避開嚴寒，同時也多了敞開心扉交談的機會。

"我不知道你那麼缺錢。" 我說。

"省點兒花肯定夠，問題是我總得成家，那就遠遠不夠。"

然後他告訴我拿到大學文憑以後的計劃，原來他打算考公務員，然後找一個小城鎮過歲月靜好的日子。

"聽著很美，應該不難達到。" 我說。

"妳呢？畢業後打算做什麼？"

其實我没想那麼遠，父母把兩億元人民幣存進銀行，光利息，一年能有個五百多萬，我煩惱如何消化這筆錢就夠頭疼的，實在没有多餘時間想月薪幾千塊的事。

"還没想過。" 我誠實回答。

"那麼一起考公務員如何？" 他的雙眼發亮，"我們互相督促、彼此加油。"

我謝了他，自己不適合體制內朝九晚五的工作，也許當個買手差不多，全世界跑，既開闊眼界，還能滿足購買慾。

他停頓一會兒後，問我有没有可能爲了某個人改變什麼，譬如那人只想謹小慎微，無法海闊天空。

我想起樸彬，他說我"飄亮"又說我"柯愛"，不僅幫我穿滑雪靴，還替我買胃藥，最後不忘取下自己的圍脖，只爲了讓我溫暖些，但……他是謹小慎微的人嗎？

"不知道，凡事皆有可能，不是嗎？"我答。

不知怎的，信江聽完笑得很開心，把之前的陰霾一掃而空。

回到家，我把姐姐叫出來，埋怨她滑得太好，害我不敢露餡兒，以致坐了一天的冷板凳。

"所以妳找信江求安慰，讓樸彬和我姐有獨處的機會，妳這個雞頭！"

韓國人罵人"雞頭"有點兒戲謔的味道，不算太嚴重，但我卻上崗上線，直接罵她白癡（caon qi），這要嚴重很多，是赤裸裸的挑釁。

"金圓圓，妳夠狠的，看我還理不理妳！"說完，她化爲一縷白煙消失。

這已經不知道是第幾次姐姐拂袖而去，但我不擔心，依據過往的經驗，過幾天她又會若無其事地出現，我樂得一個人清靜清靜，然後想想我和樸彬的事，他的一個眼神、一個微笑都深烙在我心上，早已成了我的朱砂痣……等等，姐姐剛剛說什麼？她說樸彬和金世雅今晚獨處了？

Oh no!

第四十一章／爲老不尊

我給樸彬打電話，問他在哪裏？他答學校宿舍。

學校宿舍？就我所知，學校宿舍雖然男女混住，但室友一律同性（當然，讓同性室友當隻"沉默的羔羊"也不是不可能）。

" Sin Gan eodi isseo?" 我問。

他答信江就在他身邊，問我是否要找他？我只好答是。

" 喂！"

" 嗯……我是金圓圓，就想問你回來了沒？"

" 回來有一刻鐘了，妳爲什麼不直接打給我？"

" 你……你的手機好像壞了……對了，金世雅在嗎？"

信江答他進門後，她便離開了。

我很想問當時房內兩人是否衣冠整齊？後來忍住沒問，畢竟這個問題太怪異了。

" 妳想找金世雅？" 他問。

"也不是……就想知道你是否安全到家。"

"謝謝妳的關心。"

"沒事了，拜！"

"圓圓，"他停頓一會兒，"祝妳有個好夢，明天見。"

如果對話就這麼結束，我也不致於胡思亂想，問題是他又給我發來"抱抱親親舉高高"的表情包，這是什麼意思？

隔天在樓下碰面，我明顯感覺信江變了，也許是眼神，也或許是說話語氣，反正他和從前不一樣，我因此有了不祥的預感。

跑完步，我很快跟他Say Goodbye，估計他有些懵，但我管不了那麼多，我要的是以前的信江，不是現在的信江，後者讓我感到莫名的壓力和緊張，是一種非常不舒服的感覺。

金爸爸又給我發來短信，他邀請我聖誕夜去觀看韓國有名的亂打秀（Nanta Show）。我早聽說這個音樂劇很具可看性，但我對老男人不感興趣，所以找了個藉口推掉，偏偏就這麼湊巧，晚上接到樸彬的來電，他用不流利的普通話問我聖誕夜想不想和他一起去看亂打秀？

"就你和我？"我問。

"信江……打工……金世雅……不知道。"

我很快答好，同時已經決定穿上他喜歡的白襯衫。

韓國的亂打秀全名是《亂打神廚》，劇情描述餐廳後廚發生的糗事，演員們將鍋碗瓢盆、刀、菜板、垃圾桶……等變成

樂器，敲打出各種聲音，再配合搞笑動作、音樂、特技、歌唱、燈光、魔術等，雖然少了對白，但觀眾無不歎爲觀止。

退場後，樸彬問我觀後感，想到上次欣賞完馬克西姆的鋼琴演奏，他也問過同樣的問題，我還鬧了笑話。爲了避免再次丟臉，我請他先發表感言。

由於彼此存在語言障礙，我雖猜到他給的評價極高，但好在哪裏？我一知半解，倒是意外得知韓國還有個塗鴉秀，同樣了得。

更出乎意料的是，樸彬竟然邀我五天後的元旦一起去觀看塗鴉秀，我點頭答好。

"妳真柯愛。"他還是把可愛說成"柯愛"。

我問他爲什麼老說我可愛？

"因爲柯愛，所以說柯愛，我喜歡柯愛的女孩。"

他的回答讓我想入非非，難道他喜歡我？

"Park Bin～"

聽到有人喊樸彬，我們同時轉頭過去，原來是金世雅和……她的父親。

看到金爸爸，我有想跑的衝動，因爲自己給的拒絕理由是身體微恙，如今又出現在劇場，簡直打臉。

趁著金世雅正和樸彬談話，金爸爸問我身體可好？

我答本來不好，現在好了。

他說很高興我的身體好了，看來可以陪他喝兩杯。

我正想拿樸彬當擋箭牌，孰料金世雅說她和樸彬有話要談，讓她父親載我回家。

"Park Bin～"我喊，希望他能解救我。

然而他還是無法意會我的"欲言又止"，竟然揮手和我告別。

沒了救兵，我又不好對認識的長輩拉下臉來，只能陪他喝酒，言明只喝一杯，多了我可受不了。

～

金爸爸帶我去的是有樂隊駐唱的音樂酒吧，歌手的水平很高，雖然聽不懂唱的是什麼，但整體氛圍很好，頗有小資情調。

我點了度數很低的果味啤酒（面對老男人還是得時刻保持清醒），金爸爸不一樣，他點完炸雞、辣炒章魚、辣拌海螺、生魚片當下酒菜後，緊接著又要了一杯後勁十足的白蘭地。

這倒不錯，他趕緊喝醉，我好脫身。

其實吃什麼、喝什麼都不重要，重要的是一起吃喝的人。我極其不喜歡金爸爸，這與他的始亂終棄、喜新厭舊、心狠手辣不無關係，但他似乎感覺不到我的厭惡，依舊對我"熱情如火"。

基於對方是長輩，我盡量做到禮貌而不失尷尬，然而我的忍耐並沒有給自己帶來好運，相反的，那男人得寸進尺，摸完小手，還沿著我的大腿往上摸……

我驟然起身，躲進廁所裏。

"真是爲老不尊！也不想想我比他的女兒還小，混賬東西！"我對著廁所裏的鏡子發洩不滿。

好不容易才克制住自己的一腔怒火，走出廁所後，我打算即刻拿包走人，然而金爸爸把他的手機遞過來，我看見上面寫著：對不起，酒喝多了，請見諒，吃完蒸雞蛋再走。

韓國的蒸雞蛋不同於中國的蒸蛋或日本的茶碗蒸，它的料更多，也比較乾，不是很合我的口味，但金爸爸以一碗蒸雞蛋表達歉意，我不好意思將局面弄僵，打算吃幾口便告辭，至少保持住表面的和諧，可是吃著吃著，四周圍的影像漸漸變得模糊，還因室內昏暗的各色燈光，我彷彿跌進萬花筒的五彩世界裏。

" Kim Wan Wan……Kim Wan Wan……Kim Wan Wan……"

我聽到金爸爸喚我，聲音忽遠忽近（拜託！我該不會被下藥了吧？）。

情急之下，我用盡最後的一點兒力氣喊出金佳人的名字，隨後失去知覺。

第四十二章/窮大叔

我睜開眼睛，看到天花板上的歐式鐵藝吊燈，往左看是三門衣櫃，往右看是窗戶（我還能聽到窗外車水馬龍的聲音）。

驀然，一個白色影子擋在我面前，我隨手抓來耳機戴上。

" 妳終於醒了。" 金佳人說。

我坐起身來，感覺頭痛欲裂。

" 我怎麼了？" 我問。

" 我爸給妳吃依替唑侖，這種藥品無臭、無味，幾毫克的劑量就能讓人瞬間入睡。" 她答。

我想起來了，吃過金爸爸遞過來的蒸雞蛋後，我開始意識模糊，最後什麼也記不起來。

" 這個人渣！" 罵完，我忽然想起什麼，伸手往下探去，還好內褲和長褲都在。

" 我爸的確不是個東西，我已經施展小伎倆讓他得了教訓。放心，妳後來被信江帶回家，他是個好人，沒有揩油。"

知道信江又幫了我一個大忙，心中五味雜陳。

“妳爲什麼讓信江幫忙？我才不想受他的恩惠。”我賭氣地說。

“難道讓樸彬幫忙？妳最近和他接觸頻繁已經讓我很不爽，我姐也是，花癡一個！”

金世雅？她怎麼了？

金佳人答她姐和樸彬約著元旦看秀。

“樸彬約了我又去約妳姐，太不尊重人了！”我火冒三丈。

“金圓圓，請妳搞搞清楚，樸彬是我的，妳不過是個替身。”

雖然金佳人救了我，但我受夠了當別人替身的滋味，甭管姐姐知道“真相”後會不會開心，我現在就想送走這個大瘟神。

“好，我答應妳盡快減到98斤，好讓妳去見男神，不過妳也得信守諾言，完成心願後回到陰間。”

“那當然。”她信心十足地答。

爲了表達感謝，下午我趕到加油站，信江仍是一個人，忙得不可開交。

“妳怎麼來了？身體好點了嗎？”他邊問邊替顧客的車子加油。

“好很多了，所以前來幫忙。”我左顧右盼，“這樣吧！你負責加油，我負責便利店收銀。”

他望向便利店，果然裏面有人。

“好，麻煩妳了。”他答。

於是我成了便利店店員。

這個加油站位於首爾北部的一條小徑上，車子得下交流道再左拐右繞，意思是除了偶爾會有的小高峰，客流量其實不大，這大概是老闆不急著僱用新員工的原因。

"圓圓，肚子餓了嗎？我幫妳泡碗麵。" 推門進來的信江說。

"我不餓，你吃。"

他選的是韓國最近超火的芝麻拉麵，裏面有雞蛋塊，湯鮮味美，是我挺喜歡的一款泡麵。

除了泡麵，我看見信江還拿了一小盒的**Nongyee**泡菜。

"買大盒的比較划算。" 我建議。

"可是大盒的量多，無法一次吃完，如果拿回宿舍又怕室友抱怨，畢竟泡菜的味道很嗆。"

我突然感到心酸，他連吃個泡菜也要瞻前顧後。

"你拿大盒的，没吃完我帶回家，你想吃的時候再上門取。" 我說。

"太麻煩了，不用。"

"你這個大傻瓜！" 我睨了他一眼。

他愣了一下，恍然大悟。

"那好，恭敬不如從命。" 他開心地答。

你若問我爲何要"吹皺一池春水"？我也說不清。一開始是感恩，畢竟他三番五次地幫我，後來就變調了，他的節儉和少年老成在我看來都成了優點，樸彬反倒漸行漸遠，尤其看過"一男二女"的塗鴉秀後，我確信他對每個女生都好，並且有

"三不"政策（不主動、不拒絕、不負責）的傾向，這樣的"萬人迷"我如何掌握？只能打退堂鼓。

信江後來真的上門取他的泡菜，還是元旦過後他把加油站老闆給炒了之後。

"恭喜！進來吧！"我讓開門，"我們慶祝一下。"

說要慶祝，不過是熱了冰箱裏的冷凍米飯，又開了兩個不同口味的魚罐頭，加上信江的泡菜，就這麼將就著吃。

"下次我煮給妳吃，保管大魚大肉。"他說。

"本人正在減肥，大魚大肉就免了。"我答。

自從被金佳人刺激到，我下定決心送走她，第一件事便是減到98斤，如今只差3斤，眼看勝利在望，我得堅持住。

"其實妳現在的體重已經很好了，不需要再減。"

"不，我一定得減到98斤，否則擺脫不了夢魘。"

"是妳姐姐讓妳減的？"

聽信江這麼一問，我放下碗筷直瞪著他。

"抱歉！因爲一直沒親眼目睹妳姐姐，所以感到好奇。"他解釋。

信江看過金佳人的照片，但沒見過真人，我開始懷疑他接近我是因爲姐姐，畢竟金佳人比我好看太多。

"早告訴過你，她已經有喜歡的人，你沒機會了。"我沒好氣地說。

信江要我別誤會，他對"小全智賢"不感興趣，反而喜歡"小樸寶英"。

記得語學院開學的第一天，信江便提到我長得像他的偶像—樸寶英。

「那麼何不到樸寶英的經紀公司找她？」我問。

「小樸寶英就在眼前，我何必捨近求遠？」

「說什麼嘛你！」我紅了臉。

然後信江支支吾吾地告訴我，他喜歡我，非常非常喜歡，問我願不願意跟一個窮小子交往？

我答不願意。

他難掩失望的神情，像天塌下來了一樣。

「我不願意和一個窮小子交往，但不介意和窮大叔交往，畢竟那人已經25歲，足足大我六、七歲。」

聽完，他鬆了一口氣，握住我的手，承諾會永遠對我好。

「你一定不能騙我喔！這是我第一次談戀愛。」我稚氣地說。

「我肯定對妳好，除了守護妳，今生沒有更重要的事。」他答。

第四十三章/金佳人的計劃

對於我的"見異思遷"，金佳人舉雙手雙腳同意，高興之餘還不忘美言幾句，在她的描述下，信江成了史上最強之黃金單身漢（當然只比她的樸彬遜色一丟丟）。

"好了啦！誰不知道現在最開心的是妳，再告訴妳更開心的事，我終於減到98斤，妳可以準備會男神了。"

我以爲金佳人聽到這個大好消息會欣喜若狂，然而……

"妳真的減到98斤？"她極富懷疑精神地問。

"肯定的，今早剛量過，不信我們可以當場驗證。"

當電子體重秤顯示49.48公斤時，金佳人一副"妳看，我就說妳沒有98斤"的神情。

"不會吧？才差0.96斤，妳總不致於連小數點後的兩位數也計較吧？！"我問，感覺很不可思議。

"必須是98斤整或以下，多一公克也不行。"她答。

我怒髮衝冠，像即將引爆的炸彈。

「別氣，妳父母不是要來韓國看妳嗎？妳多帶他們四處走走，很快就能瘦下來。」

過幾天就是農曆新年，我父母的確表示要趁著假期過來看我，但我相信金佳人說這些不過是推脫之辭，她肯定還有別的計劃。

「說吧！除了妳那無可救藥的處女座強迫症外，還有什麼我不知道的事？」

「嘻嘻！妳真聰明，我的確有事待辦，暫時不能見樸彬。」

即使我死纏爛打，她仍舊不肯說出實情。

「那我還減嗎？爲了降到98斤，我已經忌口很久了。」我可憐兮兮地問。

「妳可以暫緩實施，等我準備好了再說。」

你有沒有恨到想把一個人碎屍萬斷的時候？我就有，而且是當下。

「別瞪了，小心眼珠子掉下來。」她手指一指，我的床上多出好幾沓紙鈔，「信江老是穿那幾件舊衣服，妳也不替他打扮打扮，這錢夠他穿得花里胡哨。」

老天！我缺的是錢嗎？還有，我就喜歡信江的樸實，不屑把他變成芭比的男友—肯尼。

金佳人答那也成，這錢就當感謝我爲減肥所做的努力與犧牲，隨便我怎麼花。

我還沒來得及二度發火，她已化爲一縷白煙，消失得無影無蹤。

~

我把信江叫出來吃豬蹄。

“妳不是在減肥？”他問。

爲了減到**98**斤，我已經連續兩個禮拜吃不加醬的沙拉及喝草藥味十足的瘦身湯，如今我點明吃高熱量食品，他當然有疑問。

“不減了，我就想痛痛快快地飽食一頓。”我答。

我們去的是頗富盛名的**Myth**，要了原味及蒜香豬蹄各一份，也不管套餐還附帶沙拉及小菜，我又另外叫了拉麵、魚餅湯及紫菜包飯，可惜不管我怎麼自棄，肚子一下子就飽了（大概之前過份節食，以致胃縮小的緣故）；信江也是，努力一陣子後還是舉了白旗。

“不吃了，走吧！我請你看電影。”我說。

“那這些呢？”信江指著桌上的剩菜。

“不要了。”

“怎能不要？太浪費了！”說完，他招來服務員打包。

走出豬蹄店，我言明不吃剩菜，誰打包誰吃。

“妳家是暴發戶嗎？”他問。

他還真說對了，我家正是暴發戶，但我不打算炫富。

“什麼暴發戶？橫豎只能算小康。我不吃是因爲研究顯示吃剩菜剩飯有損健康，你也應該及早改掉這個壞習慣。”我答。

信江說他的列祖列宗吃了一輩子的剩菜剩飯，也沒見吃出什麼毛病來。

“可是他們吃了一輩子的剩菜剩飯也沒見省出個啥來。”

“妳該不會以爲他們就喜歡捉襟見肘吧？”他一臉嚴肅，“窮人也想翻身，但資源太少，有時力不從心。”

見信江真動了氣，我小心賠不是。

他嘆了一口氣答沒事（可見他有多大度），問我想看什麼電影？

我答中國片，因爲韓國片及洋片不僅聽不懂，連字幕也看不懂，那才叫個心塞。

於是我們一起去看了《流浪地球》，沒有再提不愉快的事。

自從確認了戀愛關係，我和信江外出的費用都由男士買單，我多次表明請客或**AA**，全被否決了。

"我比妳年長，理應照顧妳。"他解釋。

"可是……"

"放心，這點兒錢我還有。"

如果只是吃吃喝喝，花費還不致於太多，問題是女孩子總免不了買買心頭好，這就可大可小了。我多次看到信江打腫臉充胖子的可憐相，心裏很過意不去，最後不得不妥脇。

"圓圓最近很節儉，這是爲什麼？"他明知故問。

"如果你有意見，我可以馬上恢復敗家本色。"

信江摸摸我的頭，說沒見過像我這麼調皮的人，像金世雅一樣。

像金世雅一樣？我問金世雅怎麼了？

"金世雅原本答應和樸彬一起回美國度寒假，上飛機前才取消，原因是她突然想隆鼻，等三月份一開學好給樸彬一個大驚喜，妳說這不是調皮嗎？結果樸彬一個人回美國去了。"

我們的語學院還在上課，但本科生及**MBA**已經放寒假，足足有兩個月的時間。樸彬想利用這個長假回美國不難理解，甚至邀請金世雅同行也在情理之中，只是受邀的人爲什麼臨上機前才變卦？這很不尋常。

「妳確定他是一個人上飛機？」我問。

「當然是一個人，不然還有誰？」

我想到的是金佳人，她該不會也跟著一起去了吧？！

第四十四章/父母來訪

回家後我立馬呼喚姐姐，可惜不論我怎麼聲嘶力竭，一個"鬼影"也沒有。

哼！她鐵定找樸彬去了。

我翻包取出今晚買的洗面奶，打算洗洗睡，意外看到包內的電影票，那是一張巴掌大的紙卡，上面寫著韓文，有時間、座位號和條碼，對了，右上角還被打了個孔（代表已使用過）。

望著手中的電影票，我躊躇好一會兒，最後心生一計，把它覆蓋在油菜花田的照片上，樸彬仍在左上角，但姐姐已經看不見了。

～

我和信江站在仁川國際機場的接機口翹首以待，約莫半個鐘頭後終於看到朝思暮想的兩個人。

"爸，媽～"我喊。

"圓圓～"父母齊齊向我走來。

寒喧過後，我才想起忘了介紹重要的人。

"這是信江，我的……男朋友。"我對父母說。

信江隨即向兩位老人問好。

"好，好，你也是學生嗎？"爸問。

"是的。"信江畢恭畢敬地答。

然後我們一同走向停車場。

爲了這次團聚，我租了一輛**Hyundai**，若不是怕被貼上"浪費"的標籤，我更鍾意租Lexus的七人座轎車。

由於是租給爸媽，這次信江沒有搶著付錢，讓我少了心理負擔。

按照計劃，爸媽會從臘月二十九待到大年初六，前後約一個禮拜，我因此預訂了六星級的新羅酒店，因爲我的租處只有一張雙人床，父母好不容易出國一趟，總不能讓他們受委屈。

根據導航的指引，我很快找到酒店，把車停好再辦妥入住，時間已經到了飯點。

"我們去吃飯吧！我知道附近有一家賣烤大腸的店，清理得很乾淨，你們一定會喜歡。"我說。

"那就去吧！圓圓推薦的還會有錯嗎？"母親答。

總結在韓國的用餐經驗，服務其實都很一般，不過今晚去的這家，態度真的很好，既禮貌又熱情。席間，我們喋喋不休地話家常，信江雖然話不多，但有問必答（也難怪，面對老人家難免拘謹）。

吃飽喝足後，我先送父母回酒店，再緊接著送信江。

"妳父母好像不喜歡我。"下車後，信江轉身對我說。

"哪有？"我笑了，"你想多了。"

他抿抿嘴，揮手和我道別。

我開車回公寓，拿好換洗衣服又上酒店，並喚來服務員加床。

梳洗過後，我們仨躺在各自床上談天，母親問起信江的家境，我據實以告。

"他看起來年紀大妳許多，應該有一定的社會經歷。"父親說。

"沒錯，之前他有八年的打工經驗，因爲學歷不高，攢夠錢便想出國鍍金，將來好回鄉考個公務員。"

"妳確定他……"

父親搶話："老太婆還是早點兒睡，明天才有精神玩。"

母親叨唸幾句後，熄了床頭燈，我們在黑暗中互道晚安。

～

韓國也過農曆新年，稱爲"舊正"（與元旦的"新正"相對應），不同的是這個國家沒有調休，前後只放假三天。由於春節過後語學院仍舊上課，討論的結果是不上課的這幾天由我開車帶父母四處觀光，接著讓他們參加三天兩夜的旅遊團，結束後直接搭機回國。

讓我告訴你這幾天我們都上哪兒玩，東大門市場肯定要，其他還有明洞、首爾塔、景福宮、德壽宮、樂天世界、南山公園、梨花壁畫村……等。當然，帶父母上自己的語學院逛逛也在清單上，還好冬天的慶熙大學依舊美麗，沒讓我丟臉。

"圓圓呀！這所大學真漂亮，跟歐洲大學差不多。"爸說。

其實父親哪裏去過歐洲？只因這裏的建築很歐式，加上雪花片片，像極了聖誕卡片上的圖案，他便想當然爾地對號入座。

"我認爲比歐洲大學更好，至少不用擔心種族歧視問題，是不是？信江。"我望向男友。

"嗯！"他答，再無一句廢話。

由於明天父母就要上旅遊大巴，代表今晚的晚餐很重要，爲了這神聖的一餐，我煞費苦心。這可不，一聽說**Mint**獲獎無數，雖然消費不便宜，還得交押金一百萬（不去不返還），我還是訂了位，可惜父母對分子料理沒好感，他們更喜歡粗放的大魚大肉及能大聲說話的餐廳。

"哎！早知道就吃路邊攤，這一餐花了近五十萬，夠買一隻古馳錢包了。"我邊開車邊懊惱，但也只能對男友發洩。

信江沒接話，我問他怎麼了？

"沒什麼，大概在餐廳裏遇見金世雅有點兒受驚。"

他不說，我差點兒忘了。當我們在餐廳坐下，沒多久來了五個人，就坐在不遠處，分別是金世雅及其家人。金爸爸仍是一臉油膩，倒是原配很有氣質的樣子，一看就知道來自富貴人家，至於兩位耄耋老人……該怎麼說呢？有點兒幕後老闆的感覺，深不可測。

金爸爸和金家二老背對我們坐下，沒留意到我的存在尚且說得過去，反觀金世雅，面向我們卻一副畏畏縮縮的樣子，尤其鼻子還掛了彩，說是醫療事故也不像，她父親可是韓國整形界的一把手呀！

見朋友不願相認，我和信江很有默契地假裝不認識，如今聽他一提起，的確有事不對勁。

"沒錯，她的鼻子不像做壞，反倒像被襲擊，而且力道不小，難道是樸彬……"

“不可能，他這個人不可能動粗。”

“說的也是。”我喃喃道。

停好車，我提醒信江別忘了明天一起晨跑。

“我不會忘的。”他心事重重地答。

第四十五章/汗蒸幕

還好隔天天公作美，外面雖然仍漆黑一片，但看得出來雲層不多，應該會是個晴朗的好天，我的心情也隨之快活起來，然而看到信江後，烏雲驟然壓頂，鬱悶得宛如梵高的作品《麥田裏的烏鴉》。

"你怎麼了？" 我問。

"沒事，" 他戴上耳機，"今日我遲到十分鐘，我們還是趕緊跑吧！"

看他一副拒絕交談的樣子，我只好開步跑，心中悒悒不樂。

我邊上課邊分析，父母來韓國之前，信江一切正常，難道是父母對他說了什麼？

" Kim Wan Wan……Kim Wan Wan……Kim Wan Wan……"

等我意識到老師喊的是我的名字時，她已經像一棵大樹屹立在我面前。

" Mwoyo?" 我問。

老師重複她的問題，如果我沒理解錯，她問的是語序問題。

韓語的語序和中文不一樣，韓語是主語＋賓語＋謂語（主語常常省略）；中文則是主語＋謂語＋賓語。舉個例子，中文我們說"我在家裏吃蘋果"，換成韓語的順序便是"我在家裏蘋果吃"。此刻，老師要我把白板上的錯誤句子重新組合。

我走過去，白板上有七張紙卡，翻譯成中文分別是"真的"、"給你"、"我"、"你"、"多麼"、"想告訴你"、"愛"。依據動詞在後的原則，我拼出的韓文語序是"多麼給你想告訴你我真的你愛"，翻譯成中文便是"多麼想告訴你我真的愛你"。

老師搖搖頭，問同學們有誰知道答案？

我看到信江舉手，老師要他過來更正（而我仍然站在白板旁，像個傻瓜似的）。

他拼好後，老師滿意地點點頭。還不止此，那傢伙竟然邀功似地唸出句子，我因而又看到一張笑意盈盈的硅膠臉。

下課後，我問信江怎麼知道這麼複雜的句子？

"有首韓文歌的歌名便是，完全一模一樣。"他答。

"你會唱嗎？"

"正在學。"

"學會了唱給我聽。"

"好，如果有機會的話。"

瞧！他是不是很怪？什麼叫"如果有機會的話"？又不是生離死別……等等，莫非他得了什麼不治之症？

信江苦笑著答暫時他還死不了。

那麼就是生離了，爲什麼？

他摸摸我的頭，問我爲何該迷糊的時候反倒精明了？

這麼說是真的？我的第一次戀愛竟然如此短命，連兩個月都不到。

"我哪裏不好？"我質問，心裏委屈至極。

"妳哪裏都好，是我不好，配不上妳。"

"你怎麼這麼說話？"

好死不死，可惡的鈴聲此時響起，代表我們又得進教室上課，白白錯過了"解開心結"的機會。

本來打算上完半天的課和信江找家環境好點兒的餐廳用餐，在浪漫的氣氛下交流總是比較容易大事化小、小事化無，但那個陰陽怪氣的人明顯不想談，老師一說完**Nei yil man na yo**，他溜得比誰都快，讓我很受傷。

"死信江！我都低成這個樣子，你還他媽的不解風情，看我還理不理你！"我憤恨地想。心情不佳，我決定花錢買開心。首先，我搭出租車來到清潭洞的瑪莎拉蒂展銷廳，花不到十分鐘的時間全款買下一輛最新款，這才發現新車不能馬上提車，但體貼的車行免費讓我使用他們的公司車（一輛**2019**年的**Coupe**，雖然顏色不是我喜歡的，也只能湊合著用）。

接著，我開著銀色車一路呼嘯著來到光化門吃米其林一星的湯飯。這家的豬肉湯飯由黑豬臀肉和豬肩肉製作而成，湯底爽口又具淡淡的香氣，還有，雖然是湯飯，但湯和飯分開來端上，最大限度地保留了米飯的筋道。

吃完口齒留香的湯飯後，我飛車到大牌雲集的**Galleria**商場購物，不僅買了衣服、鞋和包，還買了一隻百達翡麗，**18K**玫瑰金鑲鑽，配上粉色鱷魚皮錶帶，很是漂亮。

你若問我幾個小時之內就花掉許多人一輩子也賺不到的錢是何種感受？老實說，跟被蚊子咬上一口沒兩樣，這可以解釋爲什麼當我上汗蒸幕（韓國桑拿）時能夠毫不猶豫地把那隻剛買來的百達翡麗扔進儲物櫃裏。

對韓國人來說，洗澡泡溫泉除了舒緩壓力，還兼具聯絡感情的社交意義，於是汗蒸幕就成爲一家大小、情侶和朋友們聚會休閒的好去處。

話說我在汗蒸幕櫃檯不僅買了門票，還買了金牌搓澡師的服務。脫光衣服後，我像條死魚一樣躺在床上任人搓揉。

對於每天固定得洗澡的人來說，我壓根兒不敢相信自己的身體原來這麼髒，藏垢納垢到不忍直視的地步。

待皮膚都去除死皮後，搓澡師用香皂擦好我的全身上下，然後請我到隔壁房間淋浴。

由於滿意她的服務，除了明碼標價的**60，000**韓元外，我又多給了兩萬當小費。那個女人很開心，拿來店裏收費的烤雞蛋請我吃。

韓國人汗蒸過後通常會吃烤雞蛋，那是因爲大量出汗會導致身體的能量瞬間消耗，吃雞蛋不僅能補充失去的能量和體力，還能避免出現暫時性腎虧或虛脫之故。

正當我頭上頂著羊角包坐在熱地板上大啖美味時，有一個人也坐在不遠處狼吞虎嚥，不同的是她吃的是炭烤雞蛋，蛋殼是黑的。

“金世雅～”我驚喊。

她轉過頭來，看見是我，手裏的蛋像乒乓球一樣滾落至地板上。

第四十六章/欲哭無淚

"妳……妳怎麼在這裏？"她問。

"心情不好，所以上這裏解悶，妳呢？"

金世雅答她的心情也不好，不僅失戀了，還傷到鼻子，這也是昨晚她没和我打招呼的原因，因爲太丟臉了！

我問她和誰談戀愛？還有，怎麼就傷了鼻子？

"當然和樸彬……至少我是這麼認爲。"她把滾落的雞蛋拾回，丟進垃圾桶，" 本來我和樸彬約了一起去舊金山，没想到上機的前幾個小時，我從手扶電梯上摔下去，傷了鼻子和手臂。原本我還想依照原定計劃趕到機場，樸彬給我打來電話，問我爲什麼突然不去美國了？還說他希望寒假過後能看到一個匹諾曹。妳也知道匹諾曹說謊時'鼻子'會變長，這是很惡意的取笑，還有，他爲什麼提到我不去美國？也許他壓根兒就希望我去不了。我一氣，遂了他的意，返回梨泰院。"

"妳……妳……他……"我一時語無倫次。

“說這個也許妳不相信，摔倒不是意外，當時有人從後推了我一把，後來我調取監控，妳猜怎麼著？錄像竟然是空白的，而且就在那關鍵的幾秒鐘，太不可思議了！”

這次我總算聽明白，金佳人連自己的同父異母姐姐也出手了，還讓樸彬背了個大黑鍋。

“妳的鼻子怎麼辦？”我問。

“現在比剛受傷時好多了，”她摸摸自己的鼻子，“父親說等淤青散去再決定要不要整一整。”

我換上睡衣上床。

今晚雖然下了小雪，但窗外依舊一輪明月高掛，我看著灑落在地板上的月光發楞。金世雅說她失戀了，我又何嘗不是？而且是在一種無過錯的情況下……等等，真的無過錯嗎？我拿來手機撥號。

“……喂！”

“爸，你有沒有跟信江講什麼？他現在不理我了！”

“講什麼？沒有呀！”

“媽呢？”

父親答母親睡了，他也正準備就寢。

我望向牆上時鐘，已經夜裏11點，我怎麼“說風就是雨”？太不體貼人了！

“對不起，不吵你了，晚安。”我說。

“圓圓，”爸喊住我，“我真的什麼都沒說，只問了妳男友對上門女婿的看法，他表示自己絕對不會當上門女婿，我就沒再提，也許他因爲這個鬧彆扭。”

我的老天！但凡有骨氣的男人，谁愿意當上門女婿？爸這麼問不是給人添堵嗎？

父親答信江的家境跟我們没法兒比，一個天，一個地，即使没讓他當上門女婿，到時候他心裏依然會有上門女婿的屈辱感，這是事先給他打預防針。

掛上電話，我陷入沉思。父親說的没錯，我家的經濟條件的確高出很多，想必信江也留意到，如果讓他"由儉入奢"，其實跟上門女婿没兩樣，父親的"防微杜漸"不難理解。

我重新上床，窗外的明月依舊，照得屋內亮晃晃的。我又看到了樸彬，白色磁板上的他，側臉有棱有角，很是俊美，說到門當戶對，他才是人選，可惜他的天地無比遼闊，目前大概不會爲任何一位女人停留。

" 可惜了一腔熱情的姐姐……" 我邊想邊將目光往下移，金佳人被一張電影票給遮住，我看不到她，她也看不到我……看不到我 ……

掀開被子，我下床把電影票挪開，月光下的姐姐依然笑容燦爛。

" 金佳人……金佳人……**Kim Ga In**…… " 我喊。

没多久，白色影子出現了，一臉的不高興。

" 這幾天妳上哪兒去了？" 我戴上耳機問。

" 哪兒也没去，我又被關起來了，這次更奇怪，堵我的竟然是一個大看板，白底黑字，上面有時間、座位號和條碼……不行，我得查查最近是不是真的有《유랑지구》 這個片子上映。"

我握緊手中的電影票，感覺手心發汗，連吞好幾口口水才鎮定下來。

" 最近的確有這麼一部電影上映，那又如何？這不能證明什麼，倒是我有話問妳，金世雅的鼻子究竟是怎麼回事？"

姐姐果然玩失憶，將事情推得一乾二淨。

我問她難道不覺得事有蹊蹺？金世雅不僅破了相，還認爲是樸彬指使人幹的好事，一椿美事就這麼吹了，可惜呀！

"有什麼好可惜的？他們兩人本來就不合適。"

我又吞了好幾口口水，金佳人明顯走火入魔，但凡有人靠近她的男神，她除之而後快，這樣的人會"說收手就收手"嗎？

"我想睡了，"我上床，"明天還得早起跑步。"

"妳睡吧！我也有事要忙，現在是舊金山的早上，我去看看樸彬起床了没？"說完，她化爲一縷白煙消失。

知道如何禁錮姐姐之後，我的心思開始活絡起來，我已不再是那個想法簡單的人，心裏的魔鬼蠢蠢欲動，好幾次我將手伸向油菜花田的那張照片，但都被天使給制止了。

"金圓圓，除了這件事，金佳人對妳挺好的，妳可不能忘恩負義。"我向自己喊話。

是的，我不能忘恩負義，她多次解救我，又讓我的生活起了大變化，如果從前的我活得像耗子，今日的我無疑已是公主，這些都是姐姐賜予我的，我怎能做人神共憤之事？

按耐住自己驢心狗肺的那一面後，我過上幾天相對平靜的生活，我是說姐姐没再煩我，信江也和我保持安全距離（没進一步惡化），然而表面的風平浪靜不代表水面下没有暗潮洶湧，這一天跑完步還是出大事了。

"明天……我辭職。"信江對我說。

"辭職？我不知道你又找了份工作。"

"我的意思是我不再陪妳跑步，我們之間的僱傭關係……解除了。"

我原以爲至少男友還願意陪我跑步，留得青山在不怕沒柴燒，有一天他想通了，事情會有轉機，沒想到他直接放一把火把山給燒了，徹底斷了我的念想。

「那好，你想今天結賬嗎？」我問。

「隨便，看妳方便。」

於是我上樓拿錢包，再下樓來。

「這個月到今天爲止是二十八萬五千元，我給你三十萬。」說完，我把錢交給他。

他默默收下後，走了。

就這樣？連分手的話都沒說？

我的第一次戀愛止步於區區三十萬韓元，真是欲哭無淚呀！

第四十七章/代購

隔天，我意興闌珊地起床，慢慢地洗臉、慢慢地穿衣、慢慢地出門、慢慢地下樓、慢慢地……

"妳今天晚了，"信江看了一眼腕錶，"已經**06:35**。"

"你……你……"我嚇得目瞪口呆。

"我想了很久，不平等的愛情難以持久，所以首先我們得解除僱傭關係，妳不再是我的僱主，我也不是妳付錢請來的陪跑教練，咱們平起平坐。換言之，今天我來是以男友的身份和妳一起跑步，下次妳可不許再遲到喔！"

剎那間，我紅了眼眶。

"哭什麼？"他摸摸我的頭，"傻丫頭！"

"還不是你逼的？有像你這麼捉弄人的嗎？"

我這廂哭得慘兮，他那廂卻一點兒反應也沒有，直到我平靜下來，他才遞過來一個小盒子。

"別想賄賂我！"我把頭轉向一旁。

“ 妳若不要，那我扔了……我真扔了……三……二……一又二分之一……一又三分之一……一又四分之一……”

我看見同棟樓的鄰居對我和信江行注目禮，簡直丟臉死了！

“ 得了，” 我把盒子搶過來，“ 這次若再被你捉弄，我就跳漢江給你看！”

眼前是個寶藍色絲質面小盒，打開後，裏面躺著一條純銀鍍白金鎖骨鏈，墜子是朵小雪花，上面鑲嵌著施華洛世奇鑽。

“ 太漂亮了！” 我驚歎，“ 你怎麼有錢買？”

他把項鍊從盒子裏取出，替我戴上後，答：“ 昨天妳不是給了我三十萬？”

“ 我……我以爲……以爲那是‘從此兩清’的證明，再說了，你把錢拿去買項鍊，接下來豈不是要勒緊褲帶過活？”

信江要我別擔心，他已經找到代購的工作，勤快點兒，一個月應該能有個一百萬元收入，最重要的是上班時間自由，不會影響正事。

天哪！如果他知道前幾天我才剛買下一輛瑪莎拉蒂及一隻百達翡麗，不知作何感想？那可是“好多好多”個一百萬。

“ 太好了，恭喜！你肯定能成爲代購大王。” 我說，藉以掩飾尷尬。

“ 大王不敢當，糊口而已。” 他又看了一眼腕錶，“ 再不跑，來不及上課了。”

於是我們又一起跑步，像往常一樣。

沒有什麼比“失而復得”更讓人懂得珍惜。

風雨過後，信江爲了避免成爲"上門女婿"，努力自食其力；而我爲了不讓男友心裏有落差，努力"由奢入儉"（當然，這僅限我和他在一起的時候，私底下我依舊買東西不看價錢，把"敗家女"發揮到極致）。

雖然我倆都試著迎合對方，但弊端還是在一個月後顯現。

"你越來越忙了。"我抱怨。

"**Ja-gi-ya**，妳應該感到高興才對，這代表老闆越來越肯定我了。"

因爲學習韓語的緣故，現在信江每天換花樣喊我，**Ja-gi-ya**（寶貝兒）的出現率最高，其他還有**Yao-bu**（老婆）、**Ha-ni**（外來詞**Honey**）、**Dar-ling**（外來詞**Darling**）……等。

"可是我好無聊。"我答。

"那麼妳來幫我吧！"

我一聽來勁，這可比每天追劇或打遊戲有趣多了。

"好呀！怎麼幫？"我問。

根據男友的分工安排，他跑新單，我跑舊單，因爲有的貨售罄，總得三、五日後才會有。

"什麼？！"我揚起聲，"我以爲我們一起跑單，結果還是各幹各的。"

"**Yao bu**，"他喊我老婆，"一起跑單效率太低了，我們早點兒幹完還能一起吃宵夜，多好！"

就爲了吃上那一口熱飯，我答應跟著男友做代購，於是他把舊單發給我，又給了我一沓錢。

"這是幹嘛的？"我問。

"買東西不給錢嗎？"

"爲什麼不網上支付？"

“妳去問大盤！”

原來這行還分等級，大盤吃剩會給到中盤，中盤吃剩再給到小盤，信江明顯屬於最低一級，說白了就是個跑腿的，量大時連飯都吃不上。

“還好‘上游’給錢，否則‘下游’的你如何支付？話說回來，上游的心真大，也不怕下游的人拿著錢和貨跑了。”我說。

信江笑我愚蠢，錢是他先代付，月底再結。

這下子換我擔心上游的人會不會跑路？若真跑了，信同學豈不是白幹？

“能怎麼辦？人生地不熟的，總得找個人相信。”他無奈地答。

由於我是第一次跑單，信江信不過，只給了我五單。

“妳有導航地圖，真不行就指著訂單上的地址及店名問路人，到了店鋪就喊暗號 **Kim Wan Wan**，店員會把貨交給妳。”他叮囑。

我問爲什麼暗號是我的名字？他答那是性感小妖精的代稱，還有其他問題嗎？

“去去去，”我推他一把，“我得工作了。”

根據導航，前三單在東大門市場，後兩單在明洞。我不辭辛苦地回家把瑪莎拉蒂開出來，因爲自從買下它後，那個可憐的傢伙就一直待在車庫裏蒙塵，今日我終於有機會帶它出去玩玩。

沒想到車子一發動，後照鏡上赫然出現一個白色的影子，把我嚇得不輕。

“能不能別這麼嚇人？有一天我會被妳嚇死！”我捂著胸口說。

看金佳人的嘴巴一張一闔，我找來耳機戴上。

“開學了，我跟著樸彬一塊兒回來，經過這一次的朝夕相處，我更愛他了，不僅愛他這個人，還愛他的家人，他們全家都好有素質，是我喜歡的類型。”

“想必樸彬及其家人也同樣愛妳。”

“金圓圓，妳就不能善良點兒？”她怒不可遏，聲音帶著殺氣。

在外人眼裏，我的確不夠善良，說是在傷口上撒鹽，一點兒也不爲過，但想想姐姐，她難道就善良了？遠的不說，近的讓金世雅破了相，她倒好，和男神在美國相親相伴，一去就是一個半月，還好我沒出事，否則豈不是叫天天不應，叫地地不靈？

她回答我都成年了，能出什麼事？再說了，讓我和男友獨處難道不好？想必我倆的感情在這段時間內精進不少。

“這倒是真的，我現在就趕著出門見他，妳還是消失吧！”我說。

金佳人倒很乾脆，一眨眼的工夫就不見了。

我再度發動車子，然後往東大門市場的方向開去。

第四十八章/被喚醒的眠火山

東大門市場雖然有點兒國內小商品市場的味道，但不表示店員們都素面朝天或資色平庸，相反的，我看到好幾個可以加入男團或女團的年輕人。

說到這裏，我不得不提這個國家的奇特之處，他們很重視個人形象（到了變態的程度），以致我幾乎沒有看過醜陋的歐巴或歐妮，倒不是"天生麗質"，而是"後天努力"居多，這個體現在兩方面，一是整形，韓國的整形醫院遍地開花，很多父母以"送子女上整形手術台"作爲成年禮物；二是化妝，韓國人鮮少不化妝就出門，即使汗蒸完或在門口倒個垃圾，他們也會認認真真地化妝。

回到東大門市場，打完招呼**"An nyong ha se yo."**後，我把手機上的訂單遞過去，再說出暗號—**Kim Wan Wan.**

" Oh！Kim Wan Wan." 那個看起來像韓星裴秀智的店員立馬蹲下去翻找，我看到地上已經有好幾個打包好的袋子。

" 拿去，" 她遞過來其中一個袋子，" 十萬。"

我早知道這裏的店員多少能說我的語言，只是從進店到現在，我說的都是韓語，她卻回覆我普通話，可見我的外國腔有多嚴重，而且一看就知道是華人，一點兒也沒被"韓化"。

給了她十萬後，我來到下幾家，皆是類似的情境和對話，看來代購不難，甚至有些無聊。

辦完正事，再想到信江還在馬不停蹄地跑腿，我何不藉機逛逛？反正這裏到處都是小女生喜歡的玩意兒。 結果這麼一逛，把一千五百萬給逛沒了（錢主要花在愛馬仕鴕鳥皮康康包上，那凸起的小圓顆粒可愛極了）。

" 嘟……嘟嘟……" 是信江的來電，他喊我**Ja-gi-ya**（寶貝兒），又問我在哪裏？

我回覆在商場裏，還有，他要的東西我都買齊了。

" 很好……除了代購的東西，妳還買了什麼？"

" 没買什麼，只買了一個髮夾，一萬元不到。"

男友很滿意我的回答，問我要不要吃宵夜？

" 好呀好呀！我的肚子餓得咕嚕咕嚕叫，就等這一刻了。"

於是他約我在樂天大廈對面的"包裝馬車"見面。

熟悉韓劇的人一定對"包裝馬車"不陌生，它是餐車構成的夜市攤點，很像國內的路邊攤、大排檔或者流動快餐車。

我等了一小會兒，男友就出現了，他問我想吃哪家？

" 就那家吧！" 我指著正對面的這一家，" 我想吃韓式鍋貼。"

韓式鍋貼形似中國南方的"大餛飩"，除了不是水煮，而是加水油煎外，它還有一些不同之處，譬如內餡用的是肉餡及根莖類蔬菜（非葉菜類）、調料用的是黑胡椒且不加薑蔥、蘸料則以醬油、醋、韓式辣醬等調製而成。

"好，妳吃韓式鍋貼，我吃炸耦及五花肉炒洋蔥，再來兩瓶初樂。"他說。

我無異議。

總結吃"包裝馬車"的經驗，食物雖然很正，價錢也便宜，但對於太講究擺盤及用餐環境的客人來說，我建議還是另覓他處，因爲這裏的盤子都套著一個塑料袋，而且爲了節省時間，菜餚都是直接盛到盤子裏，湯湯水水的，缺乏美觀性，除此之外還得付出勞力（端菜及善後工作都有勞顧客執行）。

吃完宵夜後，信江提議坐公交車回去。我不敢說自己的瑪莎拉蒂就停在不遠處，後車廂還有今晚的戰利品，包括一個一千三百萬元的包。

"好。"我答。

然而走到東大門設計廣場及歷史文化公園交滙處，我看到一片亮晃晃的花海。

"哇噻！這也太美了。"我邊說邊走上前去。

瞧！一朵朵白玫瑰用絲綢製成，每個花瓣上都有細細的紋理，花蕊當中還有發光設置（但整枝花看不到電線和電源）。放眼望去，少說也有上萬枝，如同徐志摩所言—數大便是美。

"咱們拍張照吧！"信江說。

面對美景，我怎能答不？

於是他拿出自拍桿，我們對著鏡頭擠眉弄眼，背後是閃著光亮的玫瑰花。

N連拍後，我嘟起嘴來（很多女生拍照時都習慣做出這個動作），以爲信江會有樣學樣，偏偏他不配合，直接把嘴覆蓋在我的嘴上。

「信⋯⋯嘿⋯⋯幹嘛⋯⋯我⋯⋯」

「別說話。」

我們吻了又吻，直到嘴唇都沾滿了口水。

「討厭！」我推他一把，然後將口水拭去，「你是消防車嗎？那麼多口水。」

「我不是消防車，我是眠火山，剛被妳喚醒。」

「說什麼嘛你！」我很困窘，眼光直盯著地面。

「我說⋯⋯附近有個山洞，我們去瞧瞧！」

結果他帶我來到一家酒店，房間裏無窗，地面、牆面和天花板皆以紅磚砌成，猛一看更像是磚窯，但軟裝方面挺現代的，譬如席夢思床、大浴缸、平面電視、小冰箱、感應式燈光⋯⋯等，還有還有，吧台上有免費的零食和面膜供應，但小套套要收費，而且比超市賣的貴上好幾倍。

「圓圓，妳參觀完畢了沒？我們只有三個鐘頭，刨去妳對酒店公共區域的拍拍拍和剛才極富探險精神的搜索狀態，我們只剩下不到120分鐘。」

信江的摳無所不在，連上酒店他也選擇鐘點房。

「可是⋯⋯」

「沒有可是，」他走過來擁抱我，「春宵一刻值千金。」

我提醒他小套套一個要五千元。

「沒關係，我有。」他邊答邊伸手到吧台上取了一枚藍色包裝的保險套。

第四十九章/切結書

我不知道別人的第一次是不是都很糟糕，反正我的第一次一言難盡，讓我告訴你是怎麼回事。

當萬事俱備只欠東風時，我的天敵（蟑螂）從天而降，嚇得我張皇失措，一把推開壓在身上的男友。

"怎麼了？**Ja-gi-ya.**" 他問。

"你……頭髮……頭髮上有蟑螂。" 我打著哆嗦答。

信江下意識去摸他的髮，說時遲那時快，這隻健壯的蟑螂竟然展翅飛翔，並且把整個房間納入它的飛行範圍內。

"別理它，不過是隻蟑螂而已。" 男友無所謂地答，然後重新向我靠近。

"不行，" 我再度推開他，"我怕，你去消滅它。"

信江一副生無可戀的樣子，但還是照辦。只見他拿起酒店拖鞋當凶器，發現不好使後，改向走廊的清潔人員借殺蟲劑，這次果然讓蟑螂奄奄一息，我也鬆了一口氣。

没想到當他去拿紙巾，"打不死的蟑螂"竟然敗部復活，信江顧不上別的，赤手空拳便去捕捉，終於讓蟑螂死在他的兩掌之間。

"啊～啊～啊～"我慘叫聲連連。

"妳又怎麼了？"

"去……去……洗手……太髒了！"

等他洗手回來已經物是人非。

"圓圓，妳去哪裏？"信江難以置信地問。

"回家，這裏所有的一切都讓我受不了，想到你雙手沾滿蟑螂的器官及體液，我噁心到想吐！"

說完，我真的頭也不回地離開，還好瑪莎拉蒂就停在不遠處，算是不幸中的大幸。

～

金佳人聽說一隻蟑螂壞了我和男友的好事，樂不可支。

"別笑了，我心情不好。"我邊跑邊說。

"看樣子妳身後的信江同樣也心情不好，皺緊的眉頭可以夾死一隻蚊子。"

昨晚我很沒風度地捨信江而去，原以爲今晨只有我一人跑步，沒想到他還是出現了。

"妳趕緊消失吧！省得我又自言自語，成了別人眼中的怪物。"

"也好，我去看看樸彬起床了沒。對了，今晚我有事跟妳商量，記得早點兒回來。"

姐姐消失後，我沿著清溪川跑回住處，一邊跑一邊欣賞水裏的魚兒和岸邊的鳥群，好不愜意！

等我跑回公寓樓底下，信江很快也抵達。

"今天還幫我跑單嗎？"他問。

"好，反正没事，不過今天我得早點兒回家。"

"我知道，因爲妳的姐姐有事跟妳商量。"

我張大眼睛看著他。

"我猜的，不然還有什麼事能讓妳早點兒回家？又不是家裏孩子成群需要人照顧。"

"當然不是，"我放下戒心，"昨晚……"

信江要我別提昨晚的事，就當它是生活中的調劑品，一笑而過吧！

難得他看得開，換成我恐怕要消化好幾天才會雲淡風輕。

"那好，待會兒見。"我向他揮手。

由於昨天工作順利，今日下午信江決定讓我跑新單。

"小菜一碟，不過一買一賣，何難之有？"我輕鬆地答。

"爲了不讓妳驕傲，我給妳幾個難搞的單子，還有，"他遞過來一個袋子，"客戶把尺寸搞錯了，妳去換成大一碼的。"

等我真正接觸到，才知道男友所言何物，那幾個臭娘們簡直內分泌失調，講話陰陽怪氣不說，還特會拖，搞得像我求她賣東西給我似的。至於那套尺寸搞錯的童裝，後來雖然給了大一碼，但也不是說換就換，前後浪費我不少口舌。

"原來代購也不是件美差，還是坐辦公室強，既有冷暖氣吹，也不用舟車勞累。"我心想。

由於金佳人一早提醒我有事相商，跑完手上的單，我開車回公寓。

"這麼早就回來，真是好寶寶！"她說。

我把包扔向沙發，人躺在床上呈大字型，無奈地答："晚回來不對，早回來又被妳奚落，我裏外不是人。"

姐姐要我別誤會，她沒惡意，只是意外得知一個好消息，所以急著和我商量。

我問這個好消息是針對我還是針對她？

"對妳、對我、對樸彬都是好消息。"

聽到這個回答，我立馬知道自己又要挨刀子。

"妳打算什麼時候換身？換多久？"我問。

"嘻嘻！妳真是心領神會，一點就通。實話告訴妳，這週五是國會議員選舉日，樸彬沒資格投票，所以打算週四晚上飛濟州島，三日後返回，我決定藉此機會殺他個措手不及。"

"樸彬去濟州島幹嘛？"我問。

"四月正是油菜花田最綻放的季節，他當然不願錯過。"

我繼續給金佳人出難題，表示經過這幾日的胡吃海喝，我應該胖了，達不到她的體重要求。

她答從現在到週四晚上還有48個小時，我忍一忍就過去了。

呵！什麼叫"忍一忍就過去了"？反正餓肚子的又不是她，還有，不光她和樸彬有旅遊計劃，我和信江也打算利用這個小長假出外走走，做人不能這麼自私！

姐姐答如果她是"人"就不會這麼自私，偏偏她不是，所以才會這麼低聲下氣地求我……

我依然不肯鬆口，以致隔天跑步時她"陰魂不散"。

“說！到底怎樣妳才肯答應？”

聽她這麼一問，遂了我的意（我之所以磨磨蹭蹭就爲了等待這一刻）。

“聽著，我要妳寫下切結書，油菜花田之旅後立馬消失，永遠不再打擾我的生活。”

“妳就這麼恨我？”她揚起聲。

“不是恨妳，而是妳把我的生活全搞亂，畢竟人鬼同處一室太……太詭異了，我希望過上正常人的生活。”

金佳人陷入沉思，直到我從上鳳火車站往回跑，她還是悶不吭聲，我不得不激她兩句。

“隨便妳，妳若想一直糾纏我也行，我反正不合作，妳也別想成爲樸彬的白月光。”我說。

“金圓圓，算妳狠！好，我同意寫切結書，不過妳得在兩日內減到98斤或以下，否則我就跟妳耗下去！”她憤恨地答。

第五十章/細思極恐

爲了在兩日內減掉五公斤，我用了最極端的"老乾媽節食法"，也就是當肚子餓時就舔一舔老乾媽油辣椒或風味豆豉，讓嘴巴有鹹味，不致於什麼都沒有（說白了就是對身體所實施的障眼法）。

除此之外，我還做了大量的運動，跑步、爬樓梯就不說了，連在室內我也拼命做仰臥起坐及交互蹲跳，眼看剩下不到十個小時，而我還有兩公斤沒減下來，這可怎麼辦？我急得像熱鍋上的螞蟻。

還好天不絕人，就在無計可施之時，我靈光乍現，打電話讓男友上市場給我買油魚。

"韓國已經禁止買賣油魚，妳不知道嗎？"他問。

"啊？真的？爲什麼？"

"因爲油魚含有蠟酯，人體很難消化，部份人進食後會出現腹瀉、腸胃痙攣、頭疼等症狀，油脂還可能從肛門流出。"

哎！對一個資深的減肥者而言，我怎麼可能不知道吃油魚的危害？之所以有疑問是國內尚能買到油魚，爲什麼隔了個黃海就被禁了？

信江答油魚屬於低價魚，因爲經常被韓國的無良商家買來冒充價昂的鱈魚，所以被禁售了。

"難道首爾就沒有一個無良商家？我不信！你去幫我買來，否則……否則我就往窗外一跳，一了百了。"

我的任性多少帶點兒撒嬌的意味，畢竟我住的是二樓，跳下去大概死不了，頂多缺條胳膊斷條腿。

"妳等我一下，千萬別跳，我這就幫妳買去！"我的男友如臨大敵。

掛上電話，我才發現有事不對勁，信江不僅不阻止我吃油魚，還"助紂爲虐"，還有，我跑完兩天單就不跑了，連語學院的課也連曠兩天，他完全没問缺席理由，好像再正常不過，這不是很可疑嗎？

然而我的懷疑精神只維持不到兩分鐘，很快又被"過胖"的焦慮給蒙蔽雙眼，直到信江來到，我才停止"胡思亂想"。

"妳確定要吃？"男友問我。

也不知他從哪裏拿來了兩片油魚，面對昔日的"減肥神器"，我心有餘悸，但仍果斷點頭。

於是他捲起衣袖開火油炸，很快屋內便魚香四溢。

是的，油魚一點兒也不難吃，甚至稱得上好吃，我之所以膽顫心驚是因爲食過之後的狼狽。

"你還是趕緊走吧！不送。"吃完油魚，我催男友離開。

他没囉嗦，爽快走人。

等了三十分鐘，肚子終於咕嚕咕嚕響，我衝進廁所大拉特拉，只差把腸子也給拉出來。還不止此，橙黃色的油脂也隨之源源不斷流出，以致我得使用衛生巾才不致髒了底褲。

"金圓圓，妳想害死我是不？待會兒上飛機，我豈不老跑廁所？"金佳人没好氣地問。

我答若不是被逼上樑山，何苦出此下策？再說了，我只管減到她要的斤兩，至於如何辦到……她管不著！

姐姐又埋怨幾句才不得不接受既定事實。

等我拉得差不多，往體重秤上一站，還好不負所望。

" 太……太好了……終……終於減下來……我……我他媽的也太難了……"我哭得稀里嘩啦。

相對於我的無限感動，金佳人反倒很平靜。

"妳的切結書呢？"哭過後，我没忘了重要的事。

"急什麼？等換好身體再寫也不遲。"

"那……妳確定星期日回？"

"當然，樸彬隔天還得上課。"

想到再忍耐三天就能徹底自由，有什麼比這個更值得開心？所以當姐姐提議提早一個小時換身，好讓她美美地出門時，我二話不說就同意了，畢竟這次她是以金佳人的樣貌面對樸彬，女爲悅己者容，我能理解。

"圓圓，謝謝妳，妳真是我的好妹妹。"

不知爲什麼，聽到"好妹妹"三個字，我全身打顫，彷彿有不好的事即將發生。

"別客氣，當妳的好妹妹是我畢生的榮幸，何況這個機會很快將不會再有。"我一語雙關地答。

化妝的最高境界是看不出來化妝過，金佳人把這個發揮到極致，那副楚楚可憐的樣子，我見猶憐。

當然，她化妝不爲了我，我怎麼想的不重要，重要的是樸彬怎麼想，他還記得她嗎？那個不食人間煙火的天仙。

姐姐化完妝，對鏡檢查再三，我在鏡子這端無限納悶，明明面對的是我卻不是我，連鼻頭上的痣也消失得無影無踪，讓人不得不佩服金佳人的神乎其技。

直到出租車抵達樓下，姐姐才拉上行李箱離開我的視線範圍，然而走没兩步她又踅回，留下一張A4紙後才真的離去。

囚禁我的依然是臥室梳妝台上的鏡子，不同的是眼前除了奧黛麗·赫本的肖像海報、白色雙人床、歐式鐵藝吊燈、三門衣櫃……外，還多了一張切結書，它就貼在鏡子上，想假裝看不見根本不可能。

我，金佳人，在此成諾2019年4月18日凌晨零時起將不再出現在金圓圓面前，若有爲逝言，不得好死！

成諾人：金佳人（2019年4月14日）

猛一看，洋洋灑灑，但內容禁不起細敲（錯字可以暫時忽略不計），姐姐分明已經死了，再死一次已經不具備任何意義。再有一點，她承諾不再出現我面前，可没承諾會回來與我換身，萬一她不回來，我便永遠被禁錮在這個鏡子裏，只要她不進屋，也算不違誓言（永不出現在我面前）。

想至此，我惴惴不安，竟到了夜不能眠的地步。

第五十一章/難言之隱

爲了減到98斤，過去兩天我無所不用其極，現在既然已經達到目標，爲了犒賞自己，我把自己當豬養，除飽食終日外，還無所事事，日子不要過得太美！

開始覺得不對勁是冰箱裏的東西"有減無增"，更要命的是連桶裝水也没見遞補，這很不尋常，過去姐姐通常是即刻補上，不勞我操心。

由於聯繫不上姐姐，加上"未雨綢繆"的心理，我下意識少吃少喝，饒是如此，食物和水還是逐日遞減。

" 還好再過幾個小時姐姐就回來了，不然一個蘋果、兩隻雞蛋、一盒泡菜要我怎麼活？"望著冰箱內的冷清，我自言自語。

然而我擔心的事還是發生了，說好17號晚上回，18號中午金佳人仍不見踪影。

我趴在窗戶上望眼欲穿，看到的仍是空蕩蕩的房間，一個人影也無。

金佳人，我還能信任妳嗎？

我把床移到窗戶下，如此一來，即便躺在床上，我也能在第一時間內發現姐姐回來了。

然而一天過去了、兩天過去了，今天已是**20**號，金佳人仍未歸，她在哪裏？難道真的把我給遺忘了？

想到遠在威海的父母及爺爺奶奶，再想到信江，他們聯繫不上我會有多著急？

除了遠慮，我還有近憂，冰箱裏的食物已經被我吃完，只剩櫃子裏的少許餅乾；桶裝水也早喝光，現在的我燒水喝，如果連屋子裏的水電也被切斷，注定只有死路一條。

"金佳人，妳在哪裏？"我忍不住拍打窗戶喊。

果然回覆我的依然是一室的寂寥。

"金佳人，妳在哪裏？"我有氣無力地喊，連拍打窗戶的動作也輕了許多

今天離約定日子已過了五天，姐姐仍然沒有回來。我的淚水早哭乾，悔恨之情已經不足以形容我當下的心境，如果讓傻子列隊，我大概能排第一位。

"金圓圓，天下之大，大不過妳這個缺心眼的，就沒見過比妳還蠢的人，妳這個豬頭！"

儘管我將槍口對準自己，把一個叫"金圓圓"的人打成了篩子，依然無事於補，直到房東走進我的視線範圍內，我才停止向自己炮轟。

"媽的，我不是換門鎖了嗎？他如何進來？這個王八蛋！看我出去後饒不饒得了他？！"

没等我發洩完畢，我竟然看到信江，他和房東一樣尋尋覓覓，不僅把被子掀開，還打開三門衣櫃……

"信江～"我拍打窗戶，"我在這裏……這裏……"

可惜他聽不到，更慘的是他竟然隨房東而去，我急得眼淚嘩嘩嘩地流，還好他又趕回，並且直直向我走來。

我以爲他看見我了，心噗通噗通地跳。

原來他依舊看不見我，也聽不到我說話，他之所以走過來是因爲留意到鏡子上貼著一張A4紙。

"信江～"我再次拍打窗戶，"我在這裏……這裏……"

他的臉部表情告訴我一切都徒勞無果。

等他真的帶著切結書走了，代表希望的曙光也隱去，我重新又回到黑暗之中，那滋味比被判死刑還糟糕。

我睜開眼睛，看到天花板上的歐式鐵藝吊燈，往左看是三門衣櫃，往右看是窗戶（我還能聽到窗外車水馬龍的聲音）。

"我在做夢嗎？還是已經死掉了？"我自問，然後眼光一掃，發現金佳人正坐在梳妝台前。

我立馬跳起，並且抓來耳機戴上。

"妳還知道回來？我差點兒死掉，知道不？"我河東獅吼。

"妳以爲我故意不回？濟州島迎來八十年來最大的颱風，不僅飛機停飛，連船隻也進港，我能怎麼辦？妳教我！"

我仍氣憤難平，就算天災好了，人禍怎麼解釋？食物也不幫我補上，害我餓得兩眼昏花。

針對這點，姐姐承認是她的過錯，因爲心情不佳，她沒想那麼多，**Joesong-habnida**！

我連嘆三聲，才把那口怨氣給吞下肚。

「算了，反正沒下回，我們還是一笑泯恩仇，我祝妳一路走好，來生再見！」

「圓圓～」

聽到姐姐喚我，我的心直線下落。

「不行，妳寫了切結書，難道忘了？」我不假辭色。

「我沒忘，尤其一出機場就被信江給堵上，他指著切結書問我怎麼回事？然後十萬火急地押著我回家，估計妳再不下樓，他就要報警了。」

聽完，我衝向窗口往外看（不敢開窗），果然看到男友在樓下來回踱步，很焦急的樣子。

「妳等著，這事還沒完。」說完，我推門而出。

信江看到我，表情極其複雜。

「**Hi.**」我勉強擠出笑容。

「妳已經消失一個多禮拜，像人間蒸發了一樣。」他說。

「我知道……我……我也不想……哎！一言難盡……」

男友抬頭看了一眼我的窗口，問金佳人是不是還在屋內？

「是……不是……是……不是……」我已經不知道回答哪個對我最有利。

信江繼續給我出難題，問：「妳姐姐很像照片中的人，以致我能在機場一眼認出，但她好像也認得我，我不記得曾和她打過照面。」

「我……我……我給她看過你的照片，所以……」

"那好，妳現在把她叫出來，我猜她還在屋內，因爲打從她進入公寓，我一直在此守候，除非她插上了翅膀。"

情急之下，我只能轉移注意力，言明我餓了，想吃東西。

"正好，妳把妳姐姐叫出來一起吃。"

看信江鐵了心要追究，我只能求他行行好，放我一馬。

"妳……"他又看了一眼我的窗口，"妳有難言之隱？"

我默默點頭。

"去哪裏？"他問。

"跟著我就是。"我答。

第五十二章/謊言

很久以前金佳人曾經說過如果方圓兩米內皆沒有鏡子，那麼她便無法出現在我面前，所以我帶信江到鄰近的歷史文化公園，這裏有兩個運動場地，由於足球場上已有人在踢球，我們來到棒球場正中央大約二壘手的位置上，除了避開遊客，還有一個重要原因，那就是目測方圓兩米內皆沒有鏡子。

排除環境因素後，我把目光投向信江，問他身上有沒有鏡子？

“鏡子？”他把褲袋裏的東西全掏出來，“除了錢包、手機、鑰匙、耳機和一卡通之外，沒了。”

我把那個有著貔貅掛件（具驅邪、擋煞、招財等寓意）的鑰匙扣從他的掌心拾起，翻到祥獸底部，我看到一面鏡子，隨手拋向本壘的位置。

“圓圓，妳幹嘛？”信江睜大眼睛問。

“待會兒再撿回來，除了這些，還有沒有別的？”

“沒了。”

我不信，親自動手檢查，果真如他所說，沒了。

連最後一個可能性也排除後，我連吞好幾口口水才鼓足勇氣問：“信江，我能信任你嗎？”

“當然，妳當然能信任我。”他摸摸我的頭，再把我的衣領翻好，“放心，即使妳說妳是個男的，我也會替妳保守秘密。”

我噗嗤一笑，原本緊張嚴肅的場面變得輕鬆許多，然而我仍開不了口，支支吾吾半天。

“先深吸一口氣再說。”他建議。

果然吸氣過後，講話順利多了。在我的描述下，金佳人雖然化爲女鬼，但非常有人味，我希望不致於把信江嚇得屁滾尿流。

“妳的意思是過去幾天妳一直被關在鏡子裏，而所謂的結拜姐姐利用妳的身體去和樸彬見面？”

“是的，不過我先聲明一下，雖然身體是我的，但臉蛋不是，因爲金佳人會使用小伎倆，像……像哈利波特一樣，你……懂嗎？”

老實說，如果有人告訴我這麼一件匪夷所思的事，我肯定認爲他的腦子有問題，但事實就是事實，我祈禱信江不要把我和瘋子畫上等號。

還好我的男友深明大義，他沒逃之夭夭，也沒懷疑我的腦殼壞了，反而慶幸我已經擺脫姐姐，從此可以過上正常人的生活。

“那個……我也不清楚是否擺脫了。聽她的口氣，和樸彬見面並沒有帶來預期的結果，所以我不知道接下來她會怎麼做。”

“這就麻煩了。”

"是呀！咕嚕咕嚕……咕嚕咕嚕……"

我趕緊摀住肚子。

"圓圓，這該不會是從妳肚子發出來的聲音吧？"信江難以置信地問。

我無奈承認自己已經餓得前胸貼後背。

"那趕緊的，我們找家餐廳吃飯。"

没等我們抵達信江口中好吃到爆炸的餐廳，路邊的吐司厚蛋燒、章魚芝士條、炸紫菜捲已經撫慰我的肚皮，再來一串烤綿花糖冰淇淋，嗯～今生已了無遺憾。

"圓圓太好養了，"男友笑了，"不到兩萬元就解決一餐。"

其實這跟實際有出入，便宜的路邊攤和價昂的高級餐廳我都能接受，不像信江，在他眼裏花大錢（尤其非必要的消費）等同犯罪，他好像忘了賺錢是爲了花，畢竟生活除了麵包，還需要鮮花點綴。

"是很好養，要不，讓你包養得了。"我開著玩笑。

"可以，每個月五十萬，如何？妳有空幫我跑跑單，我不會虧待妳。"

五十萬韓元約三千元人民幣，對於清苦的學生而言，足矣。

"好呀！反正做這行不難。對了，好久沒見樸彬，他可好？"

"很好，尤其和金世雅的誤會已解開，從濟州島回來後兩人天天見面，大概算是'朋友之上，戀人未滿'的階段，畢竟樸彬的女性朋友太多了。"

金世雅？從濟州島回來？天天見面？

我一時懵了，金佳人今天才回首爾，樸彬應該也是，那麼他和金世雅要如何"天天"見面？

信江答樸彬是**17**號晚上回，畢竟隔天還要上課，今天是**23**號，當然能"天天"見面。

由於匆忙出門，我什麼東西都没帶，要來信江的手機後，我上網查濟州島的歷史天氣，看到結果，頓時五雷轟頂。

"信江，過去幾天韓國有没有颱風？我是說濟州島。"我仍做最後的努力，試圖替姐姐開脱。

"颱風通常發生在夏末秋初，四月份很少有颱風，我也没聽說最近有，反倒新聞經常報導現在是上濟州島觀賞油菜花的好時機，同時提醒遊客拍照可以，請別帶走，因爲那是農民辛苦勞動的成果。"

我打了個寒顫，好心情頃刻崩塌。

"信江，我累了，想回家。"

"好，我送妳，明天還跑步嗎？"

"當然。"

回到家，我立馬把姐姐叫出來。

"說好和樸彬見完面就消失，妳應該遵守諾言，不是嗎？"我決定先禮後兵。

"我也想，但事與願違，對不起，我還得多待幾天。"

按照金佳人的說法，事情並没有按照預設的腳本走，好不容易她避開金世雅，而且時間掐得剛剛好，正是太陽初升起的時候，然而……

"妳能相信嗎？當我懷著小鹿亂撞的心走向他，並且鼓起勇氣道早安，他……他竟然只是微微一笑而已。我不甘心，質問他難道忘了我是誰？他答没忘，當年被我無視，屈辱還在。我說他度量小，那麼久遠的事還記得，他表示應該感謝我，若不是我，他現在不會擁有整片森林。」

我想過姐姐和男神見面時的種種可能性，偏偏沒想到這一個，正應驗了那句話：昨天的我妳愛理不理，今天的我妳高攀不起。

「既然這樣就別強求，妳也可以擁有整片森林，我是說……來生。」

「不，妳不懂，樸彬依然對我有感情，否則早被某個女生給俘擄了。」

我給她來個當頭棒喝，直指樸彬最近和金世雅走得很勤。

「這就是證明，我的同父異母姐姐長得跟我有些相像，樸彬不是真的對她有意思，而是在她身上看到我的影子。」

真不知該如何喚醒一個執迷不悟的人，明明兩人已經沒戲，金佳人還自我感覺良好，簡直太魔幻了！

「既然這樣，施個小伎倆讓樸彬拜倒在妳的石榴裙下得了，何難之有？」

「早告訴妳我不是無所不能，再有一點，換身後，我的小伎倆大打折扣，這也難怪，凡人很少有超能力。」

原來如此，怪不得金世雅這次沒有缺條胳膊斷條腿。

「說吧！妳現在打算怎麼辦？」我躺在床上呈大字型，心灰意冷地問。

按照姐姐的計劃，唯有重新成爲樸彬的白月光，這件事才算畫上圓滿的句號。

「妳是圓滿了，樸彬怎麼辦？日夜思君君不見，好殘忍呀妳！」

也許我的輕蔑表情傷了她，金佳人又舊事重提，彷彿我身上的一根汗毛都是她賜與的，讓我很不爽。

"拿走！把妳想要的通通拿走，我根本不屑擁有。"

"得，我就讓妳嚐嚐一無所有的滋味！"

金佳人走後，我才發現忘了問那個"來無影去無踪"的颱風，但問了又如何？她照樣能用另一個謊言來圓謊。

"還好姐姐畢竟回來了，證明她尚有良知，不是嗎？"我做自我安慰，雖然心裏仍有隱隱的不安。

第五十三章/毀約的是小狗

隔天一切如常，跑步、上課、吃午餐，信江還允許我先回家睡個午覺再開工。

「等我睡醒，太陽恐怕下山了。」我說。

「沒關係，我給妳的這單是私下接的，拿幾個樣品就能有三萬元收入，全給妳！」

聽男友的口氣，彷彿許了我大片江山，我欣然接受，並且毫無愧疚地回家補眠去。

～

一覺醒來果然華燈初上，稍微梳洗打扮後，我開著瑪莎拉蒂去賺三萬元。

按照信江的指示，我只要到布料市場找帶有幾何圖案的雪紡樣品即可，越多越好。

我在市場內轉了轉，拿走不少樣品，原以爲一個小時就能搞定的事，卻被信江的一通電話給幻滅了。

"圓圓，客戶要的是雪紡，不是蕾絲面料，小心拿錯了。"

我有多件蕾絲內衣褲，也有幾件雪紡連衣裙，你若讓我說明兩者的差異，大概就是前者摸起來是突的，後者摸起來是平的（像紗一樣，但比紗輕柔，穿起來很仙）。

怪就怪樣品都裝在小塑料袋裏，看得見摸不著，以致我把藝術性多於仙氣的蕾絲誤認爲雪紡。

信江告訴我其實不需要觸摸也能判斷，標準是蕾絲的洞眼比較大，因爲它是用鈎針編織的網眼組織，而雪紡沒有洞眼。

"好啦！我重新找就是。"我答。

"舊地重遊"其實沒什麼大不了，奇怪的是店員往往對我行注目禮，大概沒看過拿走樣品又還回來的顧客吧！

"妳不舒服嗎？"一個會說普通話的店員忽然問。

"沒有，我沒有不舒服。"

"一個小時前我看過妳，臉沒那麼大。"

臉大？我就近找了面鏡子，天哪！那不是兩百斤時期的我嗎？兩個腮幫子鼓得圓圓的，外加去也去不掉的雙下巴（低頭時能達到驚人的三下巴）。

這一驚非同小可，顧不上樣品，我直奔瑪莎拉蒂，然後把車歪歪扭扭地開回家。

等我關上房門，褲扣適時崩開，如果不是脫褲及時，估計現在脫都脫不下來，讓71厘米腰圍的褲子緊繃著我的下半身。

想到《愛麗絲夢遊仙境》裏的愛麗絲，她吃了蛋糕變大，喝了藥水變小，我既沒吃蛋糕，也沒喝藥水，怎麼就忽然橫向發展？

肯定是金佳人幹的好事，這個下作小人！

我氣呼呼地在梳妝台前坐下，沒錯，我的臉重回國字臉，像是發酵後的麵團；我的上半身也不再凹凸有致，更像"肚腩大過胸"的龐然大物。

這不是我要的！

我越看越氣，越氣越失去理智，等我再有意識，眼前的鏡子已經四分五裂，凶器是一個透明的小玻璃容器。

"**The Ginza** 的面霜很貴，少說也要七十萬韓元。" 金佳人現身，而且有些興災樂禍的樣子。

" 不用妳管，我高興！" 我將頭撇向一旁，看都不看她一眼。

" 妳很快就要高興不起來，就算不吃不喝，總得交房租吧！這裏的房東大多不講人情，沒錢立刻請妳睡馬路！"

" 太好笑了，我怎麼可能沒錢？"

話一說完，手機鈴聲響起。

" 圓圓呀！爸今天去取錢，竟然取不了，銀行說我們的錢被凍結了。別著急，這幾天妳就暫用銀聯卡裏的錢，別用信用卡，我怕刷不了。"

我使用的是父親的信用卡副卡，他的賬戶出問題，我肯定受影響。

" 家裏還有現金嗎？" 我困難地問。

" 幾百元而已，這也是我今日上銀行的原因，希望很快能正常取款。"

事實是我一天不妥協，一天取不了款，但我無法這麼答。

" 爸，你應該對中國的銀行有信心，過幾天肯定能取。"

" 最好如此，我還得帶阿福去看獸醫，不知怎的，今天它的腳又瘸了，還帶著血跡。"

我的老天！那個瘋女人連狗也不放過，還是不是人？（錯了，她早已不是人，而是走火入魔的厲鬼！）

掛上手機，我問金佳人到底想怎麼著？

" **Oh no!** 妳該不會以爲我故意給妳找麻煩吧？" 她故做驚訝狀，" 我不過是受妳所託，把賜與妳的收回來而已。"

她賜與我的？那麼我累死累活地節食及運動又爲哪般？還有，老宅是祖先留下來的，她唯一的貢獻便是告訴我它值錢，但歸根結底是房子本身矜貴，否則爛木頭如何賣高價？

然而說這些都枉然，在姐姐的邏輯裏，我是吃她肉、吸她血的寄生蟲，沒有了宿主，寄生蟲也該跟著同歸於盡。

" 說吧！妳想要什麼？" 我無力地問。

如果只是我個人的問題，那好解決，大不了把瑪莎拉蒂及百達翡麗給賣了，省著點用，也許還能撐到畢業，但現實是金佳人把我的家人也拖下水，我不得不拋開尊嚴與魔鬼談條件，何況阿福還等著被解救。

" 爲了不嚇到妳，咱們逐項進行，首先妳去拆散金世雅和樸彬，他倆已經連續約會好幾天，這不是個好兆頭。"

我問她不是有小伎倆？拿出來使使得了，何必有我？

" 當然得有妳，我們是拴在一根繩上的螞蚱，要死一起死，要活一塊兒活，唯有把妳拉下神壇，妳才有可能真的助我一臂之力。"

我感覺自己正一步步走向罪惡深淵，而逼迫我的是比親姐姐還要親的閨蜜。

" 然後呢？解決一個金世雅，還有成千上百個金世雅，除非樸彬就是個柳下惠，偏偏他不是。"

" 這個妳先別管，解決一個是一個。"

“妳的意思是我得替妳工作直到樸彬再也引不起任何女人的興趣？”我喊。

“也沒那麼誇張啦！只要樸彬開口說愛我即可，我的要求不多。”

我懂了，姐姐之所以至今還“流連忘返”乃因“被拒難堪”，只要給足面子（哪怕是假的），她也就順著台階下，我連棒打金世雅都不用做，豈不快哉？

“好，一言爲定，別到時又毀約了。”我說。

“當然，毀約的是小狗。”

這誓言聽起來怪怪的，但我沒多想，因爲該煩惱的事太多，好比如何讓樸彬解開心結重新愛上那個昔日的高傲女神。

第五十四章/軟肋

和姐姐做完口頭協議，我把地上的褲子拾起穿上，71厘米腰身的褲子竟然又合身了。

所以當幾個小時後得知老爸的銀行卡又可以正常取款時，我毫無欣喜之情，彷彿日出日落一樣自然（不是我淡定，而是失而復得的感覺並沒有那麼美妙，好比吃了一顆又大又紅的蘋果，滋味卻是酸的）。

～

和姐姐談話過後，爲了不殃及無辜，我的作法簡單粗暴，隔天上完課便到圖書館的報刊室找樸彬（他约我在那裏見面）。

慶熙大學的圖書館與其他運用現代技術建造的圖書館不同，它是用打磨的石頭堆砌而成，予人一種回到中世紀的感覺。

我走進報刊室，很容易就找到樸彬，他正在看《**Korea Travel Books**》，這是一本滙集韓國全方位旅遊信息的宣傳刊物。

"Mwogongbu haeyo?" 我問。

他答他正在查找資料。

樸彬就讀的是酒店觀光學院的經營學部，跟旅遊的確扯得上關係。

基於"要言不煩"的原則，我咳嗽兩聲後，告訴他—金佳人是我姐。

"Kim Ga In？"他喃喃自語，似在腦中搜尋。

"佳人"這個名字在韓國算不上爛大街，但自從女星韓佳人出名後，喚"佳人"的女孩多了起來，也難怪，這是個追星能追到成爲私生飯的國度，那麼讓自己的名字和偶像沾上邊也就不足爲奇。

想必樸彬認識的"佳人"不止一個（以致他需要回想再三），我早有準備，當他看到我手中的照片，隨即"噢"了一聲。

既然認識就好辦。

"Sa lang hei yo." 我說。

韓國偶像劇中，男主角經常會對女主角說"Sa lang hei yo."（我愛妳），當然女主角在天時地利人和之下也會說同樣的話。這句"Sa lang hei yo."其實沒有主詞也沒有受詞，就只是個"愛"字，在面對面的情況下，簡單明確，偏偏我搞錯了，不是我表達愛意，而是代替他人表達，那麼主詞和受詞就不能省略，否則要出大事了，果然……

面對樸彬的驚恐表情，我趕緊亡羊補牢，聲明不是"我愛他"，而是"金佳人愛他"，已經很久很久了。

我的爛韓語讓樸彬一頭霧水，沒辦法只能祭出英語。

"She，"我指著照片中的姐姐，"loves you, understood？"

"But I don't love her."

我没想到樸彬比我想像的還要執拗，直接判姐姐死刑。

這可麻煩了，他若不愛她，代表眾多的"金世雅們"都得遭殃，而我便是那磨刀霍霍的劊子手。

我還想遊說，看到右前方的女生掏出化妝鏡來，立馬打消主意（我可不能讓金佳人發現我逼著男神撒謊）。

找了個藉口離開後，信江適時來電。

"妳在哪裏？辣燉雞都上桌了。"他說。

"好，馬上到。"

這是一家凡慶熙大學的學生都知曉的百年老店，排隊是常有的事，大概錯開了飯點，今日沒怎麼等位。

"妳去哪裏了？"男友問，順便呈上用金屬碗盛裝的白米飯。

韓國人習慣用金屬製的碗、筷、勺、杯，在我看來這是滿新奇的一件事，差異性還不止此，譬如中國人用筷子吃飯、用勺子喝湯；而韓國人用勺子吃飯及喝湯，用筷子夾菜，還有，端起碗來吃飯在韓國是不禮貌的行爲（他們認爲没人搶你的飯，何需端著？）。

"我去見樸彬了，"我看著桌上的菜餚，"你怎麼還没開動？"

"等妳呀！對了，什麼事要見樸彬？"

我四處張望，肉眼能見到的就有兩面鏡子。

信江心領神會，把燉煮到酥爛的雞肉夾進我盤裏，說："趕緊吃，待會兒老地方見！"

我們又站上棒球場二壘手的位置，信江的貔貅掛件鑰匙扣照舊被我扔向本壘。

"妳的意思是妳被金佳人派去剷除異己，除非樸彬開口說愛她。"

"没錯，要命的是樸彬現在對她興趣缺缺，而我連說服他說謊的理由都没有。"

看信江的表情就知道他也陷入苦思。

"怎麼辦？這有悖我的教育及自我期許，但如果不照辦，我會失去所有。"想至此，我痛苦不已。

他問我難道金佳人就没有軟肋？連聖經上的大力士**Samson**都有軟肋，只要剪去頭髮便會力量全無。

我不知道**Samson**是誰，但姐姐的確有軟肋，只要遮住油菜花田照片上的姐姐，她會被囚禁在鏡子內。

"没有，没有軟肋。"我答，因爲害怕有人會傷害姐姐。

"看來我們只能盡力撮合他倆，"他停頓一會兒，"妳確定只要樸彬開口承認愛她，金佳人便會永遠離開？"

其實我非常、非常、非常……的不確定，但仍點了個頭（凡事只能先往好的方向想，再說，眼下除了滿足姐姐的願望，也没別的路好走，不是嗎？）

"那好，我找個機會跟樸彬談談，再決定下一步怎麼走。"他答。

第五十五章/始作俑者

“金世雅明天要和樸彬去釜山。”金佳人說。

“**So?**”

“我想一起去。”

“那就去呀！”我邊跑邊答。

“謝謝！”

奇怪！謝我什麼？

等我從貞和女子中學往回跑，暮然想起姐姐無法“親臨現場”，除非又利用我的身體。我的老天！簡直沒完沒了。

跑完步回到公寓樓底下，信江對我說：“樸彬明天要去釜山。”

“我知道。”

“妳怎麼會知道？”

“我……你剛剛不是才說他明天要去釜山嗎？”

" 想不想一起去？樸彬也邀了我和妳。"

我回答不想，沒料到當晚就被金佳人纏到睡不好覺。

" 早上妳才說我可以去，怎麼又出爾反爾？" 她問。

我告訴她當時嘴快，沒想太多。

" 我不管，我就想去。"

" 妳有沒有想過金世雅會怎麼想？自己的同父異母妹妹就這麼莫名其妙地出現。"

金佳人沉默一會兒後承認這是個問題，不過也不是全然沒有解決的辦法，只要不以本尊的形象示人即可，在他們眼裏就是金圓圓跟著出遊，何難之有？

我找了無數個理由推脫，包括今天早上才跟信江說了不去，這會兒又去，豈不怪哉？

" 這個妳別管，我有辦法解決。"

眼看推不掉，除了妥協，別無他法。

" 那麼明天早上跑完步再換身。" 我說，心想總得給信江提個醒。

" 沒問題。" 姐姐笑咪咪地答。

∽

一覺醒來，我上洗手間梳洗，然後換上**Nike**運動服，再穿上**Adidas**跑步鞋。萬事俱備，我伸手去開房門，然而即使使勁吃奶的力氣，依舊打不開。

我有了不祥的預感，趕緊跑向窗戶，當看到窗外是奧黛麗•赫本的肖像海報、白色雙人床、歐式鐵藝吊燈、三門衣櫃……時，我傻眼了。

金佳人不僅食言，還神不知鬼不覺地與我換身，那麼昨晚又何必問我？她反正能說換就換。

我細思極恐，身體不由自主地打顫。

～

百度上寫著：甘川文化村位於釜山市沙下區甘川洞，由五零年代的太極道信徒和避難人民共同聚居形成，至今仍保留著歷史的痕跡。爲了保持這一特色，藝術家們和當地居民共同攜手打造"釜山的馬丘比丘"，那些依山傍海而建的彩色房屋又稱爲韓版的"聖托里尼"。

我躺在床上刷手機，腦海臆想著那四人到了哪裏？被金佳人冒充的"我"有沒有使壞？還有，信江是否發現"此金圓圓非彼金圓圓"？

就這麼東想西想，又到了飯點。我走向冰箱，裏面塞滿了食物，而且多是微波食品，不勞我洗切；再望向桶裝水，它是滿的，足夠我喝上十天半個月。

還好這次姐姐没忘了我的民生問題，那種"被餓死或渴死"的恐懼一次就夠。

～

我在鏡子裏盼呀盼，總算把姐姐給盼回來了。

"是誰答應跑完步才換身？還有，妳是怎麼做到不需要我同意就能換身？"我戴上耳機没好氣地問。

"時間緊迫，我姐約了樸彬吃早餐，我得及時打消那兩人獨處的機會。至於另一道問題……我利用小伎倆在妳的腳趾上切了個小口子。"

我低頭一看，果然有個小傷疤，這個賤人！

“信江有没有發現妳不是我？”我再問。

她眼球一轉，回答應該沒有。

我有點兒小失望，以爲至少信江能分辨出我的“獨特性”。

“妳沒把金世雅給怎麼了吧？”我三問。

“眾目睽睽之下，我能怎麼著？”

說的也是。

於是我催姐姐趕緊消失，被她這麼一折騰，也不知APM現在還打不打折？

金佳人搖搖頭，感慨我被信江同化了，那小子連吃根冰棍還得考慮半天。

“他有沒有請妳吃冰棍？”我四問。

“怎麼可能？我就沒見過這麼摳的男人，也只有妳受得了。”

不對，信江雖然很摳，但對我一向大方，他之所以没請吃冰棍，原因只有一個。

趕走姐姐後，也不管已經夜深人靜，我立馬約了男友在老地方見。

“你說金佳人把金世雅給拐跑了？”我問。

“不是金佳人，是妳，金圓圓。”

對呀！的確是我。

“後來呢？”

“我和樸彬只好返回首爾。”

我越想越不對，要信江把前因給交待清楚，不能漏掉任何一個環節。

在他的描述下，我知道他們四人在甘川文化村有一段快樂時光，不僅參觀了照片畫廊、夜幕之家、天空之脊、書店咖啡館、和平之家、光芒之家、藝術商店、社區中心、村莊博物館等九處景點，還集齊了訪問圖章。一切都相安無事，直到樸彬提議打道回府，而金世雅還不知死活地邀請樸彬上她家跟她的家人打聲招呼，事情才有了變化。

" 什麼變化？" 我問。

他答"金圓圓"適時喊口渴，還強拉金世雅一起去買水，結果他和樸彬等半天等來一條"我們兩人已經打車回首爾"的短信。

" 我猜妳應該沒事，畢竟對金佳人而言，留妳尚有用處；金世雅就不好說了，我希望她也沒事，否則大家都有麻煩。"他補充說明。

信江口中的"大家"指的當然是他、樸彬和我，偏偏始作俑者金佳人毫髮未損。

我立馬打電話給金世雅，可惜手機一直無人接聽。

" 換你打。" 我對男友說。

" 妳不是才剛打過？莫非……" 他想了想，掏出自己的手機，" 好，我打。"

知道金世雅接聽了信江的來電（卻忽略我的），我的心沉入海底。

第五十六章/打草驚蛇

信江掛上手機，我問他們都談了些什麼？

"金世雅問我在哪裏？我答我和妳正在歷史文化公園的棒球場上，然後她就掛了。"

這真奇怪！

更離譜的是當我們離開棒球場，還未走出光熙市場我就被逮捕了，罪名是"襲擊他人"。

"信江，我怕。"我向男友求助。

"別怕，我馬上跟過去。"

即使警車駛離，我仍能從後照鏡中看到那個憂心忡忡的男人立在原地對我行注目禮。

打架在韓國當然屬於違法行爲，如果調解不成，將會受到行政處罰（罰款或拘留）。

罰款我不怕，畢竟我家的錢巨多，但拘留可不行，打從出生起我就沒犯過法，哪怕偷同桌的一塊橡皮。

爲了不在人生的旅途中留下不美麗的印記，在警察面前，我把態度擺得很低，**"Zui song he yo"**(對不起) 說了不下數十遍，可惜依然無法撼動受害人想入我罪的心。

也難怪，金世雅的臉又破了相，最糟糕的是鼻子，雖然貼上紗布，但肉眼能見到血跡，而從腫脹的程度來看，這次非整不可。

" 對不起，" 這次我改說普通話，並且行一個九十度大禮，" 我不該打妳，再怎樣也不能打人，實在對不起。"

我感覺信江拉了我一下。

" 妳……妳沒打我呀！" 金世雅一臉懵相。

我沒打她？那幹嘛抓我來警局？還讓我像個孫子似的猛道歉，這不是欺負人嗎？

金世雅問我是不是失憶了？我是沒打她，但推人也算襲擊，否則她身上的傷哪裏來的？

我的腦子迅速運轉起來，甘川文化村依山而建，到處可見高高低低的台階，"推人致傷"的理由完全可以成立，何況這已不是金佳人第一次"犯案"。

" 金世雅，" 信江開口了，" 妳原諒金圓圓吧！她肯定不對，回去我會……"

趁著男友在幫我說好話，我看了一眼當班警察，大概見多了打架滋事的人，他們索性讓被害人和加害人自行協商，自己則坐在一旁看報喝茶去。

" 聽著，" 我接下棒子，" 就算我推妳好了，我不也道了歉？妳行行好，放我一馬吧！要多少錢我付就是。"

我的再度表態讓男友的努力前功盡棄，金世雅認爲我毫無悔過之心（悔過個啥？人根本不是我推的），非讓我吃點兒苦頭不可。

當鐵門關上，代表我的苦難正式開啟。

～

我的罪名是"襲擊他人"，由於被害人拒絕調解，我被判行政拘留三天，不留案底，也不影響我的學生簽證。

雖然只有短短三天，對我來說卻猶如千日般難熬，因爲有人的地方就有江湖，即使韓語不好，我也被迫選擇站隊，以致"出獄"的那一天，諸多慘痛的回憶湧上心頭，我竟然抱著信江痛哭流涕，彷彿遭受莫大的委屈。

"別哭了，"他撫摸我的後背，"想吃什麼？"

哈！生我者父母，知我者信江也。

我很快拭去眼淚，回答"中華料理"（被行政拘留不可能吃好喝好，加上"犯人"中只有我是中國籍，在此情況下，我越發思鄉，還有什麼比吃到家鄉菜更能撫慰一顆遊子心？）。

"沒問題，圓圓想吃什麼，信江就買給她吃。"

面對男友的豪氣和寵愛，我感慨萬千，"士爲知己者死"大概就是這種感覺。

～

吃完香港飯店的海鮮麵、糖醋肉及煎餃後，我終於有餘力恨那個害我服刑三天的結拜姐姐。

我並沒有明說，但憎恨的眼神瞞不了人，信江要我稍安勿躁，忍一時風平浪靜，退一步海闊天空。

“道理誰都懂，但……”我看到那個白色的影子在信江身後飄呀飄，“但我還是會照做。”

“那就好，吃完飯我送妳回家。”

回到家，我把說過的話丟到腦後，開始大鬧天宮。

那個始作俑者隨即把過錯推給金世雅，說她太小題大做，不過是小擦傷，至於鬧到警局嗎？

“妳好像無過失，都是別人的錯，好意思嗎妳？”

“對不起，下次不再賴妳。”

即使金佳人道了歉，我也不打算饒她，新仇加上舊恨，我恨不得她立刻在我眼前消失，此生永不再見！

她可憐兮兮地問我難道沒有挽回的餘地？爲了彌補，她什麼事都願意做，哪怕上刀山下油鍋，在所不惜。

“那妳去呀！沒被千刀萬剮或被火紋身，千萬別回來。”我氣憤地答。

“好，如果這是妳想要的，我絕對滿足妳！”

看她化爲一縷輕煙，我的心裏很忐忑，但又寬慰自己沒事，姐姐已經死了，死了的人即使上刀山下油鍋也没痛感，不是嗎？

結果隔天我嚇得没如約晨跑，同時不抹胭脂不施粉就去上課，我們的硅膠女老師還問我是不是病了？既然已經病了好幾天（被行政拘留所找的藉口），再多休息一天也無妨。

我回答没事，請假太多天也不好。

女老師對我投來理解的眼神，同時很體貼地不給我添麻煩（我是說不指定我回答問題，以免讓我下不了台），倒是信江很擔憂，時不時望向我。我假裝沒看見，強迫自己認真上課。

"妳還好吧？"下課後，信江問。

"不好，很不好，你有沒有被橡皮糖粘住，甩都甩不掉的經驗？"

"沒有，但我能想像得到，那一定是特別糟糕的體驗。"

"沒錯，生不如死。"

自從搭上金佳人這個女鬼，我已經多次受驚嚇，理應免疫了，但這次不同，也許是睡前的那一番談話，入睡後我竟然被姐姐帶著參觀煉獄，同時目睹她上刀山下油鍋的慘狀，那滋味真是一言難盡，彷彿看了一場身臨其境的恐怖片，到現在還沒緩過來。

"妳可不能死，妳死了我怎麼辦？"

"我不死也半條命，真不知活著還有什麼意義？"我面向男友，很情真意切的，"信江，你幫幫我。"

我一定是腦子進水才會向無辜的第三者求救，因爲愛我的男友做了一件他自認爲有效而實際上打草驚蛇的事，讓我的處境更加艱難。

第五十七章/驚喜？

上完課又吃完午飯，信江問我今天能不能幫他多跑幾單？

雖然自己的精神狀態不佳，但回到公寓只會讓事情更加惡化，我需要走出去看看外面的世界，順便轉換一下心情。

"好，沒問題。"我答。

"能給我妳公寓的鑰匙嗎？"

"幹嘛？"

"一個小驚喜，現在還不能說。"

不會吧？我的生日是六月九日，但農曆生日卻是四月二十九日，正是今天，沒想到信江這麼細心，連我的農曆生日也記在心裏。

"喏！拿去，"我把鑰匙遞過去，"一定得讓我驚喜到尖叫才行。"

信江給了我不少單子，我開著瑪莎拉蒂來回奔波。由於心中期待今日稍晚會有的小驚喜，所以即使有些店員大姨媽來了，我也忍了。

"Ja-gi-ya，妳在哪裏？"男友打電話給我，照舊喊我"寶貝兒"。

"我在Coex商場裏，買完Le Labo的檀香22號就能回去。"

"提醒妳今晚用硫磺藥皂洗澡，我已經擺在妳的浴室置物架上，聽師傅說那個東西非常害怕火藥硝石的味道。"

師傅？那個東西？

信江哈哈大笑，他說我回去就知道了，鑰匙在信箱內，還要我路上小心。

我有了不祥的預感，拿上要買的檀香22號，我把瑪莎拉蒂開得風馳電掣，即使被電子監控攝像頭拍到也在所不惜。

停好車，我衝上二樓，首先看到的是房門上貼著的巨幅鍾馗相，那豹頭環眼、鐵面虯鬢、滿臉鬍子的猙獰面孔，連生而爲人的我也感到害怕。

我趕緊把包打開，然而即使翻了個底朝天，仍然找不到鑰匙。靈光一閃，我衝到樓下信箱區。

待房門打開，我倒吸一口氣，原本玄關處有一面穿衣鏡，現在沒了，換上一個水晶風水球擺件。往前走，電視背景牆上多了幅七彩金魚畫像，桌上也多了一盆仙人掌。

我接著打開臥室門，床頭上掛著一把桃木劍，而角落的梳妝台已經不具備梳妝功能，因爲鏡子不知所踪。

信江的確給了我一個值得尖叫的理由，但不是驚喜，而是驚嚇，尤其那個白色的影子又在我眼前飄呀飄。

"妳從哪裏來？"我戴上耳機問。

她環顧四周，答："好大的工程呀！看來挺大費周章。"

“我問妳怎麼來的？”

“抽屜裏不是還有一面化妝鏡？呵呵！即使把它扔了也無濟於事，只要這個世界上還有鏡子，妳擺脫不了我。”

“我也知道擺脫不了妳，至少目前是。”我無力地答。

她接著問我爲什麼派信江和一個四眼田雞前來擺弄一些奇奇怪怪的東西？

我答不是我指使的。

“那麼就是信江的自發性行爲，也就是說他不僅知道我的存在，還知道我是個遊魂？”

“不，不是的，我告訴他晚上睡不好覺，沒想到他自做主張請風水先生擺放了幾樣東西，如此而已。”

“是嗎？我問他去。”

看姐姐要走，我一急，不惜來個玉石俱焚。

“金圓圓，妳有病是不是？”她喊。

人鬼觸身的結果便是各自的五臟六腑全被搗碎。

“不是我有病，而是妳，妳病了，”我坐在地上痛苦不已，“爲了達到目的，妳無所不用其極，我不認爲樸彬會愛上這樣的妳。”

金佳人愣了一下後，笑了，樣子讓人不寒而栗。

“如果我得不到愛，妳也別想擁有，因爲我們是吉凶相救、福禍相依、患難相扶的結拜姐妹。”她說。

“爲什麼？我以爲……以爲妳會高興我擁有幸福。”

“對於什麼都沒有的人而言，妳所擁有的便是原罪。當然，我不介意妳開開心心地度過一生，但前提是我也必須開心。”

我握緊拳頭，直到手心都要沁出血來才鬆開。

"只要不傷害信江，我什麼都願意做。"我說。

"信江若知道妳這麼爲他著想，肯定感動得一塌糊塗。"她答。

～

"妳怎麼了？好幾天悶悶不樂，而且也不再幫我跑單了。"下課後，信江問。

"没什麼，大概天氣熱的關係。"

韓國五月份的天氣還算宜人，但中午很熱，能達到二十七、八度。

"可別中暑了，對了，告訴妳兩個消息，一是金世雅没再和樸彬約會；二是樸彬承認對金佳人舊情難忘。"

我"噢"了一聲。

"就這樣？我以爲妳會很開心。"

我怎麼開心得起來？金世雅没再和樸彬約會是我搞的鬼，而樸彬對金佳人舊情難忘也是我"獻身"的結果，他倆已經連續約會好幾天（只是信江還不知情），即使是座冰山，早化了，何況男生原本也喜歡女的。

"我是開心呀！只要郎有情，我才有可能脱離苦海，不是嗎？"我答。

"忘了問，經過師傅的精心安排，那個東西還出現嗎？"

"那個東西"指的當然是金佳人。

我要他別再瞎折騰，白浪費錢而已。

信江聽完很生氣，他說要去砸對方的招牌。

“拜託你行行好，別再給我么蛾子了。”我無精打彩地說。

“妳是不是生我氣了？”

“没有。”

看男友一臉受傷，再想到這幾天我一直將自己封閉起來，我們已經很久沒有出外走走。

“下午一起去看場電影，我想看《海綿寶寶3》。”我說。

“好。”他答，一掃陰霾。

第五十八章/萬念俱灰

《海綿寶寶3》講述海綿寶寶心愛的寵物小蝸被綁架，海綿寶寶和派大星前往神秘的失落之城亞特蘭蒂斯展開營救。在這場充滿危險又妙趣橫生的冒險活動中，海綿寶寶和他的朋友們用實際行動證明友誼的力量……

我不是很喜歡看動畫片，但煩心事太多，我需要一個相對天真無邪的氣氛好放鬆自己，然而金佳人仍不願放過我，她在屏幕前飄忽不定，以致我無法專心享受這個過程。

"妳還好吧？"信江壓低聲音問我。

"很好。"我又換了個坐姿。

也難怪他會有疑問，電影才開始沒多久，我像身上爬滿了蝨子，動個不停。

我以爲自己的坐立不安會"勸退"姐姐，可惜沒有，她反而飛向我，當近到打噴嚏能波及的範圍內時，我驀然起身。

"妳去哪裏？"信江又壓低聲音問。

"我上洗手間。"

確定洗手間裏没人後，我戴上耳機對姐姐說：「妳已經連續和樸彬外出好幾天，我也需要娛樂，妳不能這麼自私。」

「我這是乘勝追擊，好早點兒放妳自由，妳總不願見我功虧一簣吧？」

金佳人很懂得給糖吃，但我壓抑太久，急需喘口氣。

「明天再換，讓我和信江好好把電影看完，可以嗎？」我哀求。

「行，如果這是妳想要的。」

～

我重新回到放映廳，海綿寶寶正和朋友商議如何救小蝸，眼前少了姐姐的干預，我終於能安靜地看場電影。

當電影結束，大燈亮起。

「圓圓，我不舒服。」信江說。

我一看，嚇壞了，他臉色慘白，雙手捂著肚子。

「你怎麼了？」我著急問。

「不知道，妳從洗手間回來後我便開始肚疼。」

我邊責怪他不早說邊請電影院的工作人員幫忙叫救護車（畢竟我連身處何處都說不清楚）。

～

信江得的是闌尾炎，腹痛已經擴散到左下腹部，代表闌尾已經化膿，醫生建議馬上動手術。

「不需要，保守治療即可。」我請翻譯小姐告訴醫生。

醫生問我可是病人的家屬？我回答我是病人的夫婚妻。

他搖搖頭說我太不把闌尾炎當一回事，治療若不及時恐引起併發症。

我再次表達保守治療的意向，醫生嘆了一口氣後，開了抗生素的藥單給我。

等我把藥取回來，剛才還病懨懨的人已經坐起，臉頰比我還紅潤。

"你好了？"我問。

"嗯！真奇怪，剛才痛得要死，現在卻完全好了，彷彿做了一場惡夢似的。"

有什麼好奇怪的？金佳人不過是藉機給我下馬威，既然目的已達到，她見好就收。

"信江，既然你已經沒事，我先走一步，她……她還在等我。"我說。

那個"她"雖然沒明說，但信江的表情告訴我，他已經知道是誰。

"圓圓，妳不怕嗎？"男友憂心忡忡地問。

"怕，而且很怕很怕，但我無計可施。"我苦笑，"放心，明天還見面。"

隔天我沒有和信江見上面。

"金佳人，"我拍打窗戶，"妳在哪裏？"

死亡的恐懼再度籠罩著我，我每天過得渾渾噩噩，連自己是生是死都不清楚，以致當重回人間，我氣不打一處來。

“妳怎能這樣？說好一個晚上，怎麼又不講信用？”說完，我沖向飲水機，咕嚕咕嚕喝下至少一升的水，也難怪，我的喉嚨乾燥地猶如龜裂的旱地。

“對不起，這次的確是我的錯，本來想一鼓作氣把事情給解決了，誰知半路殺出個信江，他硬要我回家喚妳出去見面。真是的，只差一步樸彬就要開口說愛我。”

我打開窗戶往外看，信江果然在樓下，他也正看著我，似有千言萬語。

“你等著，”我對他喊，“我馬上下來。”

說完，我轉身推門而出，不理會屋內的那個婊子。

我們又站上棒球場二壘手的位置，信江的貔貅掛件鑰匙扣照舊被我扔向本壘。

“五天不見，我挺擔心妳的。”

“還好被你救，再晚個半天，我不是餓死就是渴死。”

信江說他原以爲四天前就能與我舉杯慶祝，没想到又多等了這麼多天。

我問慶祝什麼？

他答慶祝我脫離姐姐的魔掌，因爲樸彬已經開口對金佳人表達愛意了。

“你確定？”我太驚訝了。

“没錯，他還說没想到金佳人會因爲一句‘I love you.’哭得稀里嘩啦。”

我細思極恐，既然已經達到目的，姐姐爲什麼不及時回來？

“你是如何說服金佳人回到公寓？”我問男友。

"我告訴樸彬妳和金佳人是姐妹關係，而妳已經好幾天沒去上課，一旁的金佳人聽完馬上表示會好好批評一下自己的妹妹。我假藉送筆記的名義請她帶路，金佳人拖拖拉拉就是不願意，要不是樸彬開口，估計她還不願回公寓。"

知道實情后，我萬念俱灰。

"圓圓，有時人得先爲自己著想。"

"你到底想說什麼？"

男友欲回答，我反倒阻止他說，怕把他拉下水來。

"我累了，想回去。"我說。

"走吧！我送妳。"

然後我們各懷心事地踏上歸途。

我把家裏的鏡子全拆了，連攜鏡的粉底也扔了，但如同姐姐所言，只要這個世界上還有鏡子，我擺脫不了她。

"妳以爲妳擺脫得了我？"金佳人問。

"我是擺脫不了妳，但至少回到家我能清靜一下。"我邊跑邊答，已經管不了路人對我投來的好奇眼光。

"圓圓，妳也不想想我對妳多好，除了……我從未背叛過妳。"

這也是我的糾結之處，如果不是過去的記憶太美好，我早終結這場惡夢。

"回答我，樸彬是否已經開口說愛妳？"我問。

"沒有，所以計劃還得進行。"

我從龍頭市場跑向普門市場，再繞道高麗大學理工學院才把那股氣給壓下去。

"妳怎麼不說話？"姐姐問。

"如果我想終止協議，妳怎麼想？"

金佳人答那是不可能的事，除非我想失去所有，包括我身後的那個男人。

我邊跑邊向後看，信江在我身後五大步遠的地方，他也戴著耳機，表情非常嚴肅。

"聽著，"我對金佳人說，"家裏的鏡子都被我撤了，加上這麼早商店還沒開門，妳先就近找面鏡子待著，待會兒我會跟信江借鑰匙扣，他的鑰匙扣底部有面鏡子。記住，一定得待在鏡子裏待命直到我喚妳，否則今天我就不換身了。"

"沒問題。"說完，她躲進路口的轉角鏡裏。

從高麗大學到我家不到一公里，正常的情況下跑步大概需時十分鐘，但今日的我硬是花了兩倍的時間，原因是我下不了決定，還好信江也配合我的跑步速度，不致加大我的壓力。

"對不起，今天我的體力不佳。"回到公寓樓底下，我說。

"沒關係，"他遞過來他的貔貅掛件鑰匙扣，"我留在這裏等妳下樓。"

"你……"我嚇得目瞪口呆。

他把他的耳機取下，剎那間，我全明白了。

"好，你等我，千萬別走開。"

第五十九章/無可奈何（完結篇）

我叫金圓圓，金圓圓就是我，認識我的人通常會喊我一聲"副鎮長夫人"，但背地裏鄉里鄉親總喊我"包子"，這還算符合實情（後面會解釋），聽起來也不那麼逆耳，但其他綽號諸如肥圓、月半、豬頭、肉墩、卡門、五花肉……這也太不友善了，但我樂呵呵地一笑而過。

"圓圓呀！妳少吃點兒，好歹也是副鎮長夫人，得留意形象。"母親說。

晚餐桌上有魔芋鴨塊、洋蔥沙嗲雞、燉泥鰍、百合西芹菜、清炒苦菊、牛尾湯等，都是我做的。

"福福泰泰有什麼不好？"我吃下一尾泥鰍，"代表在信江的帶領下，這個小鄉鎮越來越富足了。"

"呵呵！與其說在我的帶領下，倒不如說我有個賢內助，若不是圓圓，我還是個小科員，再說，我一點兒也不覺得自己的老婆胖，她想吃什麼就吃什麼。"

難得我的老公有大度量，換成別的男人，早掩面哭泣了。

見女婿表態，父親轉對母親說：" 老太婆妳就別瞎操心，兒孫自有兒孫福，省點兒力氣明天好上課。"

講到上課，父親和母親已被本鎮聘爲榮譽講師，雖然薪水只有若干，還不夠付來回的打車費，但兩老甘之如飴，畢竟當錢多到某種程度，只是一串數字而已，他們更享受"被需要"的過程。

哎！既然話都說到這裏，我索性把事情的來龍去脈全交待清楚。

想當年信江被派到這個已經連續數十年蟬聯貧困縣的貧困鎮，我哭了好久，因爲租來的房子連個沖水馬桶也沒有。父母一聽說住的條件如此惡劣，就想花錢幫我解決，被我給拒絕了。

"信江是個領導，首先得和居民同甘共苦，不是嗎？"我是這麼對父母說。

"難道妳打算蹲便坑蹲一輩子？"父親問。

這無疑當頭棒喝！

既然不願蹲便坑蹲一輩子，那麼只能讓家家戶戶都用得起沖水馬桶。我腦筋一轉，有了點子，何不讓鄉親們學做包子？現成的師傅便是圓圓包子舖的老闆和老闆娘。

想到手工包子最講究保鮮，爲此信江還成立運輸大隊，確保顧客收到的包子都是當日現做。口耳相傳下，如今這個小鎮已是遠近馳名的特色鎮及模範鎮，每年還舉辦包子節，吸引全國各地的遊客紛至沓來，民宿也像雨後春筍般湧現。

至此，信江終於擺脫"貧困鎮副鎮長"的稱號，帶領居民走向小康。

"還喝牛奶嗎？"上床前，信江問我。

"當然，專家說上床前喝杯牛奶有助睡眠。"我答。

然後老公到樓下取牛奶，和往常一樣，除了牛奶，他還會送上幾片餅乾，好讓我的一天圓滿結束。

"你的年底總結寫完了沒？"我在臥室的小桌子前坐下，邊吃邊問，省得床上到處是餅乾屑。

"快寫完了，這都得感謝副鎮長夫人及岳父岳母的鼎力支持，讓本人今年的工作順利完成。"

"貧嘴！"我睨了床上的老公一眼。

"對了，忘了告訴妳，樸彬打算上這裏玩玩。"

"樸彬？"我喃喃道。

"妳忘了？就是那個英語說得比韓語好的帥哥。"

哎！我怎麼可能忘了？

"他還好嗎？"我問。

"應該很好，這次前來除了敘舊，他還想親自送喜帖給我們，聽說新娘子是個不食人間煙火的詩人。"

我很想問女詩人長得像不像"她"，但忍住沒問。

"吃完了，"我拍拍身上的餅屑，"我去刷個牙，你先睡，別等我。"

我把房門輕輕帶上，本來應該下樓，但我卻往樓上的小閣樓走去。

在一堆雜物中，我很快找到那個牛皮紙袋，把裏面的東西取出後，就著月光，左上角的樸彬依舊一臉青澀。

我用手指推了推照片正中央那張《海綿寶寶3》的電影票，還好，502膠水信得過。

"對不起。"我像往常一樣說著同樣的開場白，"最近好嗎？我爸媽今天來了，我媽還要我少吃點兒，她不知道唯有吃成大胖子，我內心的愧疚才會少一些……"

我對著照片敍敍叨叨，但没提樸彬即將結婚的消息，怕姐姐聽了傷心。

"就這樣了，下次再聊！"

我把照片小心翼翼地放回牛皮紙袋內，再把它塞進角落的箱子裏，然後下到二樓，當看到漆黑的走廊上閃過一道白光，我不寒而栗。

"圓圓，"信江拿著手電筒走過來，"停電了，妳去哪裏？老半天不見妳回房。"

"我……我……"我站在樓梯上手足無措。

"真是的，我不介意妳胖，下次不需要跑到閣樓偷吃。"

"知道了。"我點頭。

回房後，我很快入睡。夢裏，我看見金佳人，她依然貌美，只是不太清晰。

"救我！"她喊，眼眶裏盈滿了淚水。

我用力睜開眼，看見屋內一片光亮，耳中傳來窗外的雞鳴及鳥叫聲。

"信江～"我喊。

無人回應。

我掀開被子走出房外，恰巧看到老公從閣樓走下來的身影。

"突然想看小說，"他揚了揚手上的書，"還好找到了，也許吃早飯前還能翻看幾頁。"

我聽到樓下炒菜鍋與鍋鏟碰觸的聲音，想必母親已在廚房裏忙活。

"看完跟我分享。"我說。

"當然。"

看信江走進書房並且關上房門，我上到閣樓，發現牛皮紙袋還在，我鬆了一口氣，然而……

我衝進書房，信江坐在書桌前背對著我。

" 這裏有一段話可以跟妳分享：我一直認爲人性應該是美好的，只是因爲很多無可奈何的原因，人們才會做出一些無可奈何的事情。" 他說。

" 是無可奈何嗎？" 我困難地問。

" 是的，無可奈何。"

沉默半晌後，我說：" 早餐應該準備好了。"

" 看來只能讀到這裏，" 他闔上書，起身，" 走，我們一起去吃早餐。"

我和他並肩下樓。

《完結》

【看不夠嗎？B杜的《我在蘇黎世等風也等你》正等著您，以下是前三章，先睹爲快。】

《我在蘇黎世等風也等你》

第一章/居住在瑞士的姑姑

你没有察覺到的事情或許會變成你的"命運"。

—榮格（瑞士心理學家）

我站上發球區，深吸一口氣後將球往上拋，等它落入揮拍區，我沿小黃球的中下部向左上部擦去，這種發球法叫"美式旋轉發球"，需要仰賴身體的腰部力量，優點是爆發力強，對手不易截球；缺點是稍有不慎極易造成扭傷，好比現在，我哀叫一聲後，躺在球場上動彈不得。

"顧小姐，妳還好吧？"我的陪打教練跑過來關心。

"還行，讓我躺一下，幾分鐘就好。"

時間一下子回到14年前，當年和小伙伴打完球，我也像此刻一樣躺在地上仰望藍天白雲，不同的是彼時是雜草叢生的克難球場，手裏拿的是二手球拍，不像現在，上的是網球會

293

所，手裏拿的是Prince 7TY23 ，而陪打教練的要價一小時高達400元。

等我休息夠了，從地上爬起，教練問我還繼續嗎？

" 不了，今天就到這裏吧！" 我答。

回到儲物區，我把櫃子裏的耐克運動袋取出，然後上洗澡間淋浴，這裏提供的是歐舒丹的洗護用品，連香氛也帶著淡淡的柑橘味。

沐浴完畢，我上茶室喝茶，穿著藏青色格紋旗袍的女服務員問我要不要試試新進的雪域金絲茶？它具有抗病毒、調理腸胃、改善代謝等功效。

聽著很像老年養生茶，我不過是個大學剛畢業的女生，喝這個未免太未雨綢繆？所以像往常一樣，我一邊喝著養顏美容的玫瑰花茶，一邊欣賞園內的花團錦簇，同時聆聽來自水幕牆的潺潺流水聲，享受一方的寧靜。

離開會所後，我開著Mini回家，不過十分鐘的路程，我卻開了半小時，因爲還得上乾洗店拿母親放在那裏的孔雀七彩印花連衣裙，好讓她和閨蜜打牌時不丟臉 。

說來奇怪，我記得小時候的家境很一般，住的是五十平米的公寓，無私家車代步。也難怪，當時父親不過是個文員，母親偶爾接個手工活，做做塑料花什麼的。事情的轉折發生在小學五年級的時候，某天放學回家，我被告知即將搬家，同時轉學到有外教授課的實驗小學。

我不止一次對我家的突然富貴產生懷疑，譬如那三百多平米的大別墅及地下車庫停放的豪車。父母給我的解釋是中了體彩大樂透，然而我並不買賬，因爲早期的彩票獎金不若現在可觀，能買個二手公寓或國產車已經很了不起，除非我家連續中獎好幾期，而這無異天方夜譚，不是嗎？

當然，這種懷疑只是偶爾才會爬上心頭，大部份的時間裏我只關心課業。我的父母雖然文化水平不高，但對我的教育很用心，尤其少了爲五斗米折腰的名目，他們使勁燒錢，讓我上遍大大小小的補習班及興趣班，還好錢沒白花，最終我進了985名校，學的是熱門的會計專業，最近正準備ACCA（國際註冊會計師）考試，因爲我的理想是進入四大會計師事務所，那非得優秀不可。

兜兜轉轉後，我把車停進地下車庫，拿上母親的"戰衣"上到一層。

"媽，會所問要不要續費？再續打九折，同時還能享受他家新增的私家水療SPA。"我邊說邊把衣服交給家裏的阿姨，讓她掛在通風處，待上面的乾洗溶劑揮發後再讓母親穿上。

"不續了，"母親向我招手，"宛宛，過來坐下，媽有話跟妳說。"

我在擁有世界上最舒服沙發美譽的Flexform上坐下，左手邊是原本身材瘦小，後來成了富貴相的母親；右手邊是原本謹小慎微，現如今氣場十足的父親。

"妳姑姑，"母親看了父親一眼，父親索性躲進報紙裏，"妳姑姑想見見妳，妳準備一下，後天晚上動身。放心，機票已經幫妳買好，簽證也加急辦理，48小時能出簽。"

我的姑姑指的是我爸的親妹妹，兩人相差十歲，聽說從小就是個學霸，選擇到免大學學費的德國留學後，輾轉去了瑞士，除了逢年過節會打個越洋電話問候一聲外，基本無消無息。對於這個從未謀面的姑姑，我挺有好感的，因爲每年生日我都會收到她的禮物，小時候是玩具，大了就送高科技產品，譬如去年生日她送我的是帶攝像功能的無人機（我挺懷疑她知不知道時下女生喜歡什麼）。不管如何，拿人的手短，我對她只有五星好評，沒有差評。

然而今日聽說姑姑要見我，而且火急火燎，連機票都買好了，我沒有欣喜，更多的是抗拒。

「不行，兩個禮拜後有ACCA考試，錯過還得等半年。」我說。

「考試錯過了還能再考，人錯過了就什麼都錯過了。」媽答。

「人錯過了？莫非……」

「不是妳姑姑，是妳姑丈，那個德國佬突發腦梗塞，已經一命嗚呼了。」

我感慨世事無常，姑姑真可憐！

母親說既然同情姑姑就該飛去安慰安慰她，她也四十好幾，身邊沒個親人，的確可憐！

就我所知，姑姑和姑丈雖然結婚近二十年，但膝下猶虛，這大概是她疼愛我的原因，因爲我們顧家第三代就只有我這個獨生女。

「那……好吧！」我答，心想還得帶上考試用書，萬一提早回來，也許趕得上參加考試。

秦平一聽說我要飛瑞士，如喪考妣。

「也不是一定缺考，我還帶上考試用書呢！」我解釋。

「說好一起參加考試、一起申請四大會計師事務所的工作，怎麼說變卦就變卦？」

我只好將姑姑的情況據實以告。

「生老病死，人之常情，我能理解，但妳畢竟是晚輩，又逢重要考試，難道不能讓妳父母先飛過去，等妳考完後再會合？」他問。

這也是我無法理解的地方，我的父母只打算讓我隻身前往，而且馬上！

秦平說這就是癥結所在，我的父母不喜歡他，所以藉故將我支開。

"不會的，要支開早支開了，何必等上三年？"我說。

我是大一下學期和秦平好上，他是"別人家的孩子"，不僅年年拿獎學金，對我更是體貼入微。我父母向來喜歡"好學生"，本來這是水到渠成的事，但一聽說他來自農村，唯一的姐姐還智障，立馬投反對票。我是阻力越大，助力也越大，他們越不贊成，我越要捍衛我們的愛情，所以一路走來，我就認定秦平，對其他男生投來的愛慕眼神視若無睹。

"可是……"

"沒有可是，你還不明白我的心意嗎？"我問。

他笑了笑，問我今天還一起唸書嗎？我答當然。

然後我們攜手走向學校圖書館。

第二章/奇遇

北京飛蘇黎世没有直航的班機，我得在倫敦重新辦理值機及行李托運，還好父母幫我買的是商務艙，至少整個航程可以少受罪。

我在安檢口的右側聽完父母的叮嚀後走向左側。

"瑞士講什麼語言？"秦平問。

這個問題我查過，瑞士是個邦聯國家，基於尊重，各州人民保有選擇語言的權利，也就是說德語、法語、意大利語均屬於官方語言，除此之外，他們還有自己的語言—羅曼什語。

秦平又問我的語言不通怎麼辦？

我笑笑答自己又不是長久居住，安慰完姑姑即回，管他講什麼語言，再不濟還有翻譯軟件。

他仍不放心，說他有不祥的預感，也許……也許我再也不回來了。

我摸摸他剛剃完鬍髭的臉頰，答："我一定回來，不然誰幫你刮鬍子？"

話一說完，他擁我入懷。

「宛宛，該進去了。」母親在相距十米遠的地方喊。

「進去吧！」秦平讓我離開他的懷抱，「到了給我發個信息。」

想到就要和他相距半個地球，我突然感傷，萬一中途有個空難什麼的，豈不是天人永隔？

「平，我怕。」

「別怕，有我，我等著妳回來。」

我看著他的眼，雖然隔著鏡片，依然閃著星星，那是我的，只屬於我一人。

「答應我，絕不看別的女生一眼。」我說。

「我答應妳。」

「偷偷看也不行。」

他笑了，答：「除了宛宛，看別的女生時我會把眼鏡摘下來。」

秦平有六百度近視，沒了眼鏡，視力下降非常明顯。

這次換我笑了。

他摸摸我的頭，俯首給我一個吻，輕輕的。

「宛宛，該進去了。」這次是父親，他在相距十米遠的地方喊。

「進去吧！我等妳回來。」秦平說。

此時我才真正感覺離情依依，三步一回頭，看看左手邊的父母；再看看右手邊的男友，最後狠心一入關，讓淚水在眼眶裏打轉。

14個小時後飛機終於抵達倫敦，拿上行李，我直奔櫃檯。接下來的這個航班飛往日內瓦，中轉蘇黎世，因爲是短程航線，飛機是小飛機，商務艙只有三排，每排四個位子（左右各兩個）。

由於飛機抵達倫敦時已晚了半小時，加上還得重新值機和辦理托運，運氣好，總算讓我在飛機艙門關上前趕到。

" Excuse me. This seat is taken." 一個混血兒模樣的男子告訴我這個位子有人坐。

我抬頭確認座位號，的確搞錯了，不是右排，而是左排。道完歉，我趕緊坐下。

當空服員進行例行的檢查時，我才留意到方才那位男子所說的座位仍空著。

" 好個種族歧視者！因爲不願和黃皮膚的我坐在一起，所以找了個藉口。**"** 我心想，並且對他投去怨恨的眼光。

然而這没起到任何作用，因爲他一直望向窗外，懷裏抱著一個二十厘米立方的白色盒子。

" Excuse me. Could you ......" 空服員對他說。

他隨即把盒子放在那張原本空蕩蕩的位子上，並且替它繫上安全帶。

好奇怪的舉動，不是嗎？

例行的檢查一結束，飛機開始在跑道上滑行，接著升空，當繫上安全帶的指示燈滅了，那個"種族歧視者"隨即解開自己身上的安全帶如廁去。我之所以留意到是因爲他離座後又趕回，二度確認盒子安全才離去。

" 原來他不止是個種族歧視者，還是一名強迫症患者。**"** 我邊想邊去翻菜單。

雖然只是一個多小時的航程，商務艙還是提供輕食，我得好好選擇，是凱撒沙拉配黃油麵包還是拉法卷配五彩蔬果？

沒等我下好決定，飛機突然以一種左右搖擺的方式往下墜。我嚇壞了，尤其耳中傳來雜物紛紛墜落的聲音，伴隨小孩的哭泣，一時亂成一鍋粥。

當那個白色盒子離開安全帶向我飛來時，基於反射動作，我傾身一攔截，將它抱入懷中。

等飛機一控制住，我看見一個人影匆忙從廁所裏跑出來。

“沒事，我抱住了。”我對他說。

之所以改用普通話說是因爲盒子上有行楷書寫的“勿忘”二字，所以我猜想他會使用我的語言。

“謝謝！太感激了。”他接過盒子坐下。

沉默一會兒後，我還是沒忍住自己的好奇心，畢竟爲了一個盒子買座位的例子很少見，尤其買的還是商務座。

“請問……盒子裏裝的是什麼？”我問。

他看著我，那眼神複雜極了，融合多種情緒，大概科班出身的演員都演不出來。

“對不起，冒犯了，你不想回答也可以。”我找台階下。

原以爲得不到答案，結果他還是回答了：“盒子裏裝的是我母親，受她之託，此行我將把骨灰灑在蘇黎世湖。”

雖然我有很多問題想問，但還是以一句**I'm sorry.**了結。

“其實家母已經去逝半年，我是最近才得了年假，等日內瓦的會議一結束，我再繞回蘇黎世完成母親的遺願。”我沒問，但他主動回覆我的疑問之一。

看他西裝革履，又聽說他到日內瓦開會，我當然想知道他是不是重要人物。

" 冒昧問一句，你從事什麼行業？" 我問。

他回答他在英國**Clifford Chance** 律師事務所工作（以他無比崇敬的語氣，我猜想這家事務所的含金量一定很大）。

" 原來是大律師，失敬失敬！"

" 不，我只是個事務律師，還不能出庭，不算嚴格意義上的律師。"

接著他解釋從法律系學生到律師事務所合夥人的整個過程，那真是重重考驗，比登珠穆朗瑪峰還難。

談話至此，他没有表現出對我有任何獵奇心理，我是說他没問我的職業、興趣、乘機目的……等，這不免讓人洩氣，可見我有多麼平凡。

" **Excuse me, do you want something to drink before the meal?**" 空服員問我們。

他答香檳，我答蘇打水。

空服員一走，代表我和他之間的談話也結束。毫無疑問，等飛機降落蘇黎世，我們便各奔東西。

第三章/Hans

我走出關口，很輕易就找到自己的名字。

"我是顧宛宛。"我指著**A4**紙上工整的方塊字說。

"我是**Hans**，"他上下打量我一下，"**Brigitte**讓我帶妳先去店裏看看。"

Brigitte? 我問誰是**Brigitte?**

"她是**O-One**魚子醬的老闆娘。"他答。

我非常確定自己不認識這麼一位成功人士。

"難道接錯人了？"他喃喃道，然後撥打電話。

沒多久，我聽到手機那端傳來熟悉的聲音，姑姑要我上車，待會兒見。

我有些難爲情地把手機還給**Hans**。

"妳和**Brigitte**看起來很相像，如果接錯了，我恐怕要懷疑人生。"他答。

說來很不可思議，我竟然不清楚自己姑姑的名字以及所從事的行業，其實解釋起來一點兒也不困難，那是因爲她是長輩，我不可能直呼其名（當然更不會知道她的洋名字），還有，我一直以爲她只是個普普通通的家庭主婦，殊不知她還管理著一家商店。

" 對不起。" 我說。

" 我沒有責怪之意，請別誤會。" 他伸手接過我的行李，"停車場有點兒遠，得走一小段路。"

~

我以爲從機場到市區開車起碼一個小時，沒想到不到二十分鐘便來到繁忙的街道。

" 這裏是班霍夫大街，據說是世界上最富有的街道，妳若想購物，來這裏準沒錯。" 他說。

其實不用**Hans**多介紹，來之前我已做過功課，知道這條大街位於蘇黎世利馬特河的西岸，原來是一段舊城牆，**1867**年拆卸後改建成一條馬路，後來發展成爲世界上最昂貴的街道，全長**1.4**公里，由蘇黎世火車站前開始，沿著利馬特河往南，直至蘇黎世湖畔的布爾克利廣場爲止。大街上除了商店林立，還集中了世界各國的**200**多家銀行，不僅是全球最大的金市，外滙和證券交易量也雄踞歐洲之冠。

" 抱歉，我只能開到這裏，再往前只有電車能通行。" **Hans**一解釋完，將方向盤來個**90**度大轉彎。

停好車後，我們沿著一個個漂亮的櫥窗往前行，街道乾淨得讓人想在上面打個滾，而道路兩旁栽種的樹木不僅養眼還沁人心脾，因爲微風吹過帶來葉香撲鼻。

" 這裏和北京有什麼不同？" **Hans**邊走邊問我。

我答講到繁華，北京更勝一籌，但兩者的味道不一樣。

他又問哪裏不一樣？

其實我也說不上來，可能是氛圍，也可能是路上穿正裝的人多了起來，還有，貌似這裏的人不太熱情。

Hans表示我的觀察入微，希望我早點兒趕上這裏的節奏，因爲**Brigitte**極需幫手。

這也是我的迷惑之處，我才剛下飛機，時差還沒倒過來，姑姑就讓**Hans**帶我到她的店裏瞧瞧，一點兒也不體諒人。如果不是之前對她的印象太好，我恐怕要以爲這是個不好相處的老女人。

"你說她需要幫手……"

"到了，就是這家。"

我還沒問完，**Hans**表示已經到達目的地。

這是一間寬約六米的店面，夾雜在各大奢侈品名店中並不顯突出，但別具一格，有種輕奢的質感，我是說口袋裏若沒有個萬把塊錢，大概不好意思走進去。

只見**Hans**很自然（毫無扭捏）地推開那扇深褐色大門，跟裏面兩位高頭大馬的洋女人打過招呼後便直接無視。

我快速瀏覽一下，店內的深度不深，右邊是展示櫃，左邊是兩張法式圓桌，也許店後還有什麼，但表面看不出來。

"顧小姐，這邊請。" **Hans**帶我走向右手邊。

我看見展示櫃裏有十幾個約兩公升容量的錫罐，在燈光的照射下，宛如奇珍異寶閃耀著光芒。

"這些都是魚子醬，" **Hans**站在櫃檯後，樣子像是售貨員，"一般來說，零下2～4度是最佳的保存溫度，但這個冷藏櫃最低只能達到3度，換言之，如果6～8週內沒有售出，這些魚子醬只能扔掉。"

"有扔掉的例子嗎？" 我問。

他回答没有，倒是時不時需要補貨，這也是店後設置大冷凍櫃的原因。

我因而得知這個店比我想像得大，因爲還得放下一個冷凍櫃。還有，聽說魚子醬很貴，看來在瑞士是大眾食品，人人都吃得起（否則不會銷售得如此迅速，不是嗎？）。

我指向展示櫃裏一罐黑不溜秋的魚子醬，隨意問起價錢。

Hans 沒回答我，反而將它取出來放在淺黃色的大理石檯面上，然後用一根木製小勺挖出一勺放在我的手背上，示意我用舌頭舔著吃，我照辦。

該怎麼形容呢？粒粒完整的魚子在口中被壓碎後，一股腥味瞬間在嘴裏蔓延開來。

"喜歡嗎？"他問。

"不太喜歡。"我誠實回答。

"那真可惜，妳剛把 **100** 歐元吞下肚，卻無法欣賞它的美味。"

100歐元？不會吧？！就這麼點兒也要七、八百元人民幣？

然後**Hans**告訴我這是白鱘魚子醬，母魚需費時15年才能產卵，取卵之後的十幾道工序必須一氣呵成，務必在15分鐘內完成（否則有損風味），接著送進冷凍櫃保鮮，如此天然、嬌貴、既費時又費力的稀有物當然身價不菲，說是"黑珍珠"，一點兒也不爲過。

"這些魚子醬都是我姑姑製作的嗎？"我問。

"不，當然不是，"他笑了，"製作魚子醬需要有臂力的專業人士，**Brigitte**太瘦弱，現在更是不行。"

我很想問爲什麼現在不行？此時店裏走進來兩位富太太模樣的華人，**Hans**對我說了聲對不起後，堆起笑臉迎上前去。

作者介紹

在異國的背景下加入纏綿悱惻的愛情故事是B杜小說的一大特點，她的文筆清新、筆觸詼諧、畫面感很強，讀完小說有種看完一部愛情偶像劇的感覺，特別適合懷春少女及對愛情有憧憬的女性閱讀。

B杜創作了一系列異國戀情N部曲，包括《法蘭西情人》、《東瀛之愛》、《新西蘭之戀》、《英倫玫瑰》、《愛在暹羅》、《情定布拉格》、《獅城情緣》、《愛上比佛利》、《夢回楓葉國》、《早安，歐巴》……等作品，歡迎關注。

Also by B杜

《早安，欧巴》（简体字） Love in Korea (simplified character version)

《愛上比佛利》 Love in Beverly Hills

《法蘭西情人》 Love in France

《新西蘭之戀》 Love in New Zealand

《愛在暹羅》 Love in Thailand

《情定布拉格》 Love in Prague

《獅城情緣》 Love in Singapore

《英倫玫瑰》 Love in England

《東瀛之愛》Love in Japan

《夢回楓葉國》Love in Canada